JN060173

哀傷

sorrow

樹 亜希

ITSUKI Aki

文芸社

すべての風景が逆に見える。

――いや、違うか、目を閉じているから何も見えない。脳内で想像をしているのかもしれない。

こういうときは何を思うのかなんて考えたこともなかったが、何も思いつかないというのが本当なのではないだろうか。恐らくわずか数秒の出来事だから。

回避するための時間とヒントはあったと思う。けれど、今となってはもう何の役にも立たないな。鈍いというのか一種の間抜けなのか、どちらでもいいか。

むしろ知らなければ、人生を閉じることもなかったのではないかという疑問すら浮かんできた。だがもう遅い。否応なくこの先のことを考察する時間はもう残されていない。

数秒足らずで黒いアスファルトに僕は叩きつけられるからだ。あの鏡で見た男は自分だったのだろうか――。

銀縁の姿見

久我仁志は、恋人の本宮結華と十二月のある晴れた日に、神戸の元町《もとまち》で、食事やショッピングなどをしていつものように時間を過ごした。

帰り道、地元の商店街にある一軒のリサイクルショップに、何となく足が向いた。仁志は地方から出てきて下宿している大学四回生、来年四月には新社会人としての生活が始まる。処分したい家具などを引き取ってもらえるかたずねてみようと思った。

店の名前は横書きの古ぼけた看板から〈リサイクル・ポピンズ〉とかろうじて読めた。そもそも、こんな店がここにあっただろうか。よく通るけれど今まで気が付かなかった。間口の広さから、大型の物でも扱う気が何となくした。

お金が欲しいわけじゃない。ちょっとしたブレザータンスやテーブルなどを処分することが面倒で、タダでもいいから引き取り手を探していた。なんなら処分代金を払ってもいいとさえ思っていた。

市の大型ゴミだと、二階から下まで自分で下ろさないといけない。あくまでも道路に面したところに出さないと回収はされないのだ。そんな作業が到底自分でできるはずもない。

次に住む社員寮は借り上げマンションでクローゼットなどもついているし、前に住んでいた社員が結婚するために出たところで、必要なものは揃《そろ》っていると聞いた。

初めの研修の時に打診をされたので一応申し込んだ。最近はプライベートを守るために自分でマンションを借りる人も多くて、空室が結構あるらしい。おまけに家賃は月二万円と格安だ。一も二もなく飛びついた。


仁志と結華は付き合って日も浅い。

もともと仁志の友人の彼女だった結華は、いとも簡単に仁志の懐に深く入り込んだ。

それには特別な理由などなく、ただの成り行きだった。前から知っている子なだけに躊《ちゅう》躇《ちょ》しないわけではなかったが、女の子の涙に自我が負けてしまった。

お互いの家を行ったり来たりするのも面倒なので、一緒に住んでしまおうかという話になっていた。卒業まであと二か月ほどだ。

お互いにないものを分け合う前向きな同棲《どうせい》だった。親からの仕送りも就職するとなくなることだし、別々に住んでももったいないからという会話がよく出ていた。

仁志は、家事をする気が起こらない。大学時代も自炊はこの四年間で数えるほどしかしていなかった。寮には仕事が遅くなれば寝に帰るためだけに使おうと考えていた。

この三か月は結華が作ってくれる夕食を一緒に食べることができたが、年明けからは会社の研修もあり、それもままならない。仁志は外資系製薬会社の就職が内定していた。

寮の格安家賃の二万円が給与から天引きされるはずだ。三万円は会社が補助として出してくれるので、かなりおいしい話だった。

結華は親の躾《しつけ》がよかったのか、普段はのんびりとしているが、家事はできた。特別に料理が上手《うま》いわけでもないし、掃除が好きな性格でもない。だが張り切ってきちんとされると息苦しいので、これくらいがちょうどよかった。何よりキツイ感じがしない、綿菓子のようなふんわりとした感じの気性に惹《ひ》かれた。気の強い女は好みではない。仁志は、一緒にいて疲れる女性を必要としなかった。

結華はまだ時間に余裕があるうち、部屋をきれいにしたかった。今のマンションが更新の時期なので、会社の近くに借り替えようと思っているようだ。

結華は大手には落ちて、二番手の中堅出版社の編集者になる。二人はそれぞれ岡山と広島から出てきていたが、郷里に帰るつもりはなかった。

「私、新しい部屋を決めてしまいたい。一緒に見に行こうよ」

結華は、広いが雑然としているポピンズの店内にあるソファーに座り、上目遣いで仁志に話しかけた。大きくたわんだブラウスの襟から胸元がのぞく。慌てて目をそらした。

「どの辺?」

「駅から歩いて五分だけど」

結華は背が小さいが、愛くるしい顔をしていた。黒目が大きくて色が白い。どちらかというと子供っぽい感じだが、理屈めいたことや面倒なことを言わない優しい子だった。だから、仁志は友人の木下颯真《そうま》を裏切ってでも手に入れたかった。

正確にいうと結華が颯真を捨ててこちらに来たのだが。理由は颯真のご乱心ということにしておこう。彼は少し壊れてしまったようだった。

「今度一緒に見に行こうか」

仁志は、大きな姿見に映る自分をちらっと見て言った。

背丈ほどある縁取りが銀色で細身の大きな鏡は、千円と値札が貼ってあった。全身が映るものは最近珍しい。今どきはクローゼットに付いているから、これはきっと昔のものだろう。

「結華、猫が欲しい」

「ここには生き物は売ってないよ」

かわいい顔をして言われると、否定的な返事はできない。やんわりと否定する。

颯真に負けたくないという意地もあった。最近猫ブームで、普通に買うと何十万もするではないか。そんなのは到底無理だ。ＳＮＳには猫の画像が溢《あふ》れていた。飼いたいという気持ちは何となく分かる。

友人の颯真はとても整った顔をしていた。読者モデルにならないかと何度も声をかけられていた。当然、自分はどこにでもあるような顔立ちで、男同士で連れ立って街を歩くと、女性たちが振り向いて颯真のほうを見ていることに苛立《いらだ》ちを感じていた。が、それは仁志が選んだことではないし、どうすることもできなかった。

どこからか声がした。仁志の位置からは見えなかった。

「お客さん、子猫が欲しいのですか？」

店の店員だろうか、急に会話に入ってこられたので仁志は少しむっとしたが、結華は乗り気で返事をしていた。

「友だちが飼っていて欲しくなったのです。子猫は躾が面倒かな」

仁志が近寄ると、そこには四十から五十歳くらいの男が立っていた。痩せて顔色の悪さが目立った、頬骨の出ている店員らしい男性が近寄ってきた。ブルーの作業着には〝ポピンズ〟と書かれていた。

「知り合いがこの前、飼い猫が三匹ほど子供を産んだけれど、引き取り手がないとこぼしていたよ」

「ええ〜、どんな猫なのかなあ？　画像とかないのですか」

「おい、やめておけよ、雑種だろ。それに病院とか連れて行かないと、病気だとあとで面倒なんだから」

仁志は初めて入った店の店員から商売以外のつながりを、うさんくさく感じていた。

「お兄さん、猫は売り物ではないし、その人は知り合いだからお金はいらないです。むしろ引き取り手を探してもう二か月以上になります」

「だって〜」

結華の甘えた声で、いつも仁志は流されてしまう。やれやれだ。

「猫の世話なんかできるのか？」

仁志はこんな店に入らなければよかったと後悔した。家具の処分ができるか尋ねるために来たのではないか。肝心なことを尋ねる前に、もう脱線していた。

結局、結華はレジの中に入り込んで、そのおじさんと猫の話ですっかり盛り上がっていた。仁志はすることもなく、雑貨がこまごまと置いてある場所で、食器やガラス用品を見るともない気持ちでぶらぶらしていた。

まったく、颯真はよくこんな子供みたいな女の子と二年も一緒にいたなあと感心した。三か月ほどこうして一緒にいるが、仁志は自分の妹のほうが大人っぽいのではないかと思い始めていた。実家の岡山に高校生の妹がいた。理屈っぽい嫌みな妹のことが仁志は好きではなかった。考え方が母親にそっくりだからだ。

あの当時、颯真に結華という彼女が出来ると、仁志は他の友人と行動するようになった。颯真と結華はベタベタのカップルで、いつも二人で行動していたからだ。

仁志は特に思いを寄せる女の子もいなかったし、女性から告白されることもない。人生の命運をかけた就活に励んだ仁志は大手の製薬会社の内定を取り、あとは卒論を仕上げたら終わりという頃、颯真は二十社から不採用の通知をもらい、心を病んでしまったと噂《うわさ》になっていた。それは六月の終わりの頃だったと思う。

結華から何かと颯真のことを相談に乗っているうちに、次第に仁志は結華のことが好きになってしまっていた。結華という底なし沼に一歩足を踏み込んだのが運の尽きというところだろうか。大きな黒い瞳が涙で潤んで、目の前で悲しそうにされると、守らないといけないと思い込んだ。次第に仁志の中で同情は愛情に変わっていった。

友人の彼女という背徳の気持ちがあっても、心の奥底で友だちの彼女だからやめておけという声に逆らった。今一つ見栄えの良くない自分を頼りにしてくる、とてもかわいい女の子を無下《むげ》にはできない。こういう時に涙を流すかわいい女の子を抱きしめずにいられなかった、むしろ優しい男だと評価してほしいくらいだと仁志は思っていた。

仁志は今どきの女の子のことを知らない、モテない男だった。結華は顔面偏差値だけで颯真と付き合っていたので、病気になってしまえばいらなくなったと考えて仁志に乗り換えたことを知らずにいた。

結華は仁志の将来性に目を付けたのだ。仁志の見た目はそんなに悪いものではなかった。颯真が整い過ぎただけで、結華からすれば頭の良い真面目な仁志は優良株だったのだろう。

もし二人のことが学部内で噂になり、颯真の耳に入れば病状が悪化して、自分に非難の矛先が向いても後味が悪い。颯真が大学を休みがちだということも幸いした。結華には口止めさせて、卒業までは女友だちにも誰にも言わず、学内でもお互いに知らん顔をすることにした。

わざわざ遠いところでデートをしたり、マンションを引っ越ししたりするのも颯真のための心遣いだった。仁志は友だち思いなのだ。罪悪感はなかった。

時々颯真の携帯に連絡をしたし、自宅を訪問することも怠らなかった。彼の母親からは他に誰も来てくれないのに、ありがとうと涙まで流された。言いようのない優越感、今まで感じたこともないような。

自分から結華を誘惑したのではない。むしろ結華が事あるごとにボディタッチしてきたのだから、断ることは失礼になると思った。体が寂しかったのではないかと思うくらい、結華は顔に似合わず激しい求め方をした。

正直言うと、仁志は素人の女の子がこんなに積極的だとは思っていなかったので、そのうち自分も簡単に捨てられるのだろうと予想していた。颯真とどんなふうに体を合わせていたのかは知らないが、自分の単純なテクニックでは結華を満足させられるとは到底考えられなかった。それほど、結華という沼は深く仁志をのみ込んでいた。

結華はとても声が高いので、学生マンションのような造りではあの時の声が隣に漏れやしないかと、神経質な仁志はとても気になっていた。結華の給料はそれほど高くないとは思うが、無理をしてでも防音や耐震設計のマンションを選んでほしいと思っていた。

「じゃあ、先にペットが飼えるマンションだな」

ああ、やれやれ。この女は手間がかかるなと思いながら振り向き、返事をした時、結華はその辺りにいなかった。

「おい、どこにいるんだ？」

仁志が声を上げて周りを探すと、雑然とした店内から声がした。

「ねえ、大きな鏡があるよ」

「僕も目の前に銀色の縁の鏡があるけど」

そっとその場から離れると、結華を捜すために元来た方向へ体を返した。だが鏡の中の自分はそのまま呆然《ぼうぜん》と立っていたことを仁志は知らなかった。

「こんなところにいたのか」

結華はその向こう側の椅子や机のあるところで、ペットのケージを見ていた。その隣には先ほどとよく似た大きな細身の姿見、縁がガンメタのように色落ちした鏡があった。

「ねえ、この鏡、全身が映るからいいよね。千円だって」

「ああ、けど先にマンションを決めて」

顔はかわいいのだが、少し思考回路がどうなっているのかよく分からない。

「猫、もらうことにしたの」

素っ頓狂な声で嬉《うれ》しそうに言う。結局猫が先なのか。ああ、もう好きにすればいいじゃないかと仁志は思っていた。もともと動物は飼ったことがないので好きじゃなかった。

「あの、それより、処分したい家具やソファーなどが引き取り可能なのかを聞きに来たのですが」

仁志はレジの前にいた先ほどの男に話しかけた。

「ああ、そうですか。大物は手数料を頂きますが、引き取りますよ。ご住所は？」

にこやかにその中年の男は、ポケットから名刺を仁志に差し出した。

『リサイクル・ポピンズ　代表　石塚卓哉』

社長だったのか。周りに他の社員は見当たらない。怪訝《けげん》そうな顔をしている仁志を見て、石塚は言った。

「ご心配ありませんよ、大型の時はトラックも人員も手配できますから」

大きな黒い縁の眼鏡をかけて、見積もりの書類を引き出しから出して差し出した。

「ここにご住所などをお書きになって、うちでやると決められたらお持ちください。他にも行かれるのでしょう？」

「いいえ、面倒なのでそんなことしません。時間があまりないので」

仁志はその場でボールペンを借りて記入した。隣で結華はのんきにあくびをしていた。

「おい、結華は引っ越しを頼まなくていいのか？」

「私は一月の末でいいから」

頭の中は子猫のことでいっぱいなのだろう、きっとこの後、お腹が減ったと言い出すに違いない。この先の商店街の中に定食屋でもあれば、それで夕飯は済ませることができるだろう。昼食を食べたのはついさっきなのになあ。

卒業までにすることはいくらでもある。取れる資格はほとんど取得したし、無理をして少しいいスーツやバッグに靴を購入した。

それに引きかえ結華は、女性として会社の研修も始まるなら、それなりに大人らしく振る舞うためのマナー教室に行くなり、資格などを取ればいいものを、のんきな子だ。まあ、そこがかわいいのだが。

最近、連絡が取れなくなった颯真の家に様子を見に行かねばならないと結華に言うつもりだった。これを言えば結華は嫌な顔をするだろうか。仁志は結華がそれで文句を言ったりしても、自分たちのこととは切り離して考えるように諭すつもりだった。

颯真が病気になってからは全然連絡を取っていないらしいから、一度連れて行かねばならない。それにしても、三か月前までは彼氏だった男の心配すらしないのは、自分に対して気を遣っているのか、それとも、もう何とも思っていないのか。

どのみち、よく考えて付き合わないと危険な女だなと、仁志は簡単に深い関係になってしまったことを少しだけ後悔していた。

「じゃあ、猫のことはまた画像をもらっておくから。家はこの近所？」

と、石塚は結華にのんびりと話しかけた。隣で仁志は憮然《ぶぜん》と聞いていた。

「はい、近くないけど、また電話してから来ます」

スマホをバッグにしまい、仁志の腕を取った。大きなガンメタの縁の鏡に、歩き出す二人の姿が少しだけ映った。石塚はレジの奥で小さい返事をした。

「お待ちしています。久我さんの家には一度見積もりに伺いますね」

彼の視線は、なぜか奥にある仁志が見ていた大きな銀色の縁の鏡のほうに向かっていた。

大きな爪痕

　真夏の暑さに加えて、耐えられないほどの湿度が、末永旭の首筋に滝のような汗を落とす。左肩にかけた鞄《かばん》には「粗品」と帯の付いたガサガサの安物タオルと、営業のチラシ。番茶のような色に日焼けした顔と首の汗を安物のタオルで拭くと、次の家のインターホンを押す。

「あの、今回お近くの工事の件でご挨拶に参りました。末永と申します。お玄関までお願いできませんでしょうか？」

「はあ？　お願いできません」

　日曜の昼過ぎ、不機嫌そうな女性の声がして、インターホンを切られてしまった。恐る恐るもう一度押す。当然返答はない。いつものことだ、もう何年もこんなことを繰り返していた。

　めげずにもう一度押そうとした瞬間、玄関ドアが急に開いた。モニタリングされていたようだ。

「おい、人の家の敷地で何をウロウロしているんだ！　警察を呼ばれたいのか？」

　体格のいい眼鏡をかけた少し白髪交じり、五十代後半ぐらいの男性が出てきた。

「はっ、いいいえ、違います。怪しい者ではありません」

だが末永は、その後ろに控える先ほどの声の主の女性、恐らくその男性の妻のほうが恐ろしかった。同じく五十代くらいの女の眼光が、鋭く自分をロックオンしている。折れそうな細い指先にスマホをぶら下げていた。

「あの、ご近所の金森さんのお宅で屋根の葺《ふ》き替え工事がございまして、そのご挨拶に参りました」

やっと言いたいことが言えた。いつもこうだ。営業でどこのリフォーム工事会社も訪問や電話をしているので、誰しも面倒で断ることに辟易《へきえき》していることを、不機嫌そうな夫婦の顔で推察できる。

「はあ？　初めからそう言えばいいじゃない。営業くさいことを言うから、こちらも面倒だなと相手にしないのよね」

妻らしい女性が、低く通る声で一蹴した。

「すみません」

末永は、別に悪いことをしたわけでもないのに頭を垂れた。くそ、なんて高圧的な物言いなのだろう。

「で、施主はなぜ来ないの？　挨拶は施主がするものだろう。あんたは工事業者だろ？」

次は旦那が畳みかけてきた。ああ、俺は一体何をやっているのか。こんなことのために大学を出たのではない。あの時、大学最後の年の年末にゼミの教授からの伝達を友人たちに告げず、自分だけが良い点数を上げるために時間をかけて論文や実験のレポートを出したではないか。あれは今、何も役に立っていない。

初めの就職先が今でいうブラック企業だったために二年で辞めてしまい、その先はもういくつ職を変わったことだろう。タクシーの運転手もしたが、不景気で三年で辞めた。二種の免許を取るには、妻の佳恵からかなり反対されたのに。四十七歳の誕生日がもうすぐ来る。

あの冬、一九九五年に冬休みの課題を伝えなかった三人は、この世にいない。苗村、樫内、平田は、神戸の俺のアパートの部屋で押しつぶされて死んでしまった。即死だったと思いたい。もしも彼らが生きていたら、こんな営業の仕事で同じように汗を流していただろうか。

「もう、いい加減にしなさい。暑いのに」

奥からおばあさんが出てきた。小柄で品のある白髪をきれいにまとめて、こざっぱりした印象だった。七十代後半だろうか。物分かりがよさそうで、夫婦を奥へと手で追いやった。助かった。

「暑いから、早くお帰りなさい。どうせ私たちが反対しても工事はやるでしょ。好きにしたらいいじゃない。その代わり、きちんとやってくれないと、あとで困ったことになるよ。

あなたの名刺もらっておくわ」

おばあさんは俺を早く帰らせて玄関ドアを閉めたそうだった。部屋からクーラーの冷たい空気がどんどん流れてくる。

「すみません、ご迷惑おかけします」

「だから、迷惑かけないようにしてちょうだいよ」

末永はこの工事の告知をしたついでに営業をかけて、近所からも工事の受注を取るための月収二十五万の仕事をしていた。年収は三百万円程度。一件契約を取れば歩合で給料は増えるが、この調子だから給料が上がるはずもない。税金や社会保険料などを引かれると……。

妻の佳恵はフルタイムでパートに出ていた。介護の助手と弁当屋の掛け持ちだ。

子供は一人。息子の慎吾は進路に悩んでいた。これから大学受験を控えた高校三年だった。マンションの家賃と塾の月謝などで、家計は赤字だった。もしも私立の大学に進学するなら、この先どうなるのだろうか。この仕事も辞めるかどうか、契約など、この二か月で一件しか取れなかった。

土日はリサイクル・ポピンズで、引っ越しや古い家具の引き取りのアルバイトをしていたが、それも数万にもならない。妻の佳恵からは虫けらを見るような目で見られていた。先ほどの家の妻の冷たい視線が、末永の心に突き刺さったままだった。

「そんな安物のタオルなんかいらないわ。挨拶にも来ない非礼な人間からもらう謂《いわ》れはない。うちはそんなガサガサのものは使わないのよ」

施主の金森さんは、この家族から嫌われているのか？　一度事務所で会ったが、自分の契約ではなかった。がさつそうな感じで敬語もろくに使えないような太りすぎた女と、この家の主婦とは合わないだろう。きっと因縁があるから、こんな対応をされてしまうのかもしれない。普段は施主の名前を出せば相好を崩す形になるものなのに、なぜこんな邪険にされねばならないのか。末永はついていないと俯《うつむ》いた。

玄関の隣にあるガレージには大型の外国車が止まっていたし、妻の細い指や首にはアクセサリーがついていた。髪も茶色にカラーリングされて、モデルか女優のようだった。洋服も末永の妻のものとは大違い。一目でブランドものと分かる上質な生地と仕立ての、黒とシルバーパイピングのワンピースだった。抜けるように白い脚は、若い女性のものと思うほど美しかった。

だがその女は冷たい目で腕を組んで、まるで虫けらを見るように見下ろしていた。情けなくて涙が出そうだったが、いつもの愛想笑いをしてその場を後にした。

あれだけのことをしてしまった自分には、これが罰だというのだろうか。もしも、きちんと十二月の初めにあの三人に課題を伝えていたら。俺のアパートにみんなが集まらず、三人は今も元気に暮らしていたかもしれない。むしろ死んだのは俺だった可能性もあるのだ。

一月十五日、俺はコンビニのバイトがあり、三人を残して深夜から翌朝八時までのシフトのため部屋を後にした。あの六時ちょっと前の、地面が割れるほどの揺れと空を破るほどの振動のあと、バイクで自分のアパートにいつもの道のりを走った。

わずか五分で到着して、仰ぎ見るはずの古い二階建てのアパートが、屋根だけになって地面に圧縮されていた。そこで初めて理解できたが、周りの風景は一変していて、外を歩く人は呆然として時折立ち尽くしていた。遠くには火の手が上がっている。

埃《ほこり》の臭い、ガス漏れなのかガスの臭いもする中で、未曽有の大災害が起こったことに脳がついていかずに、心臓の鼓動だけが激しく、呼吸ができなくなっていた。吸い込んでもドキドキするだけで指先に力が入らない。口だけパクパクしていた。コンビニの倒れた棚も直さなければならない。早く戻らないと、もう一人のバイト仲間が困っているだろう。

頭の中も混乱してしまい、考えがバラバラでまとまらない。

「あああ、平田、苗村……、樫内」

声にならない声を呑み込んで、末永はその場に立ちすくんだ。俺の部屋はどこだったのか。あいつらは、この屋根の下にいるのか。ひょっとしたら、めいめいの部屋に帰ったのかもしれない。そうであってくれ、いつものように返事をしてくれないか。

震える手で携帯の住所録から三人に電話した。もちろん大混乱のなか、携帯なんか通じるはずもなかった。

末永はその場で膝から崩れた。苗村は俺と同じ大阪府出身だった。黒い縁の眼鏡で同じように猫背で、俺たちは他の友人や教授たちから双子のようだと笑われていた。あいつは味噌《みそ》ラーメンが好きだった。そんな苗村和敏はどこだ？　俺は素手のまま瓦礫《がれき》の中に入ると、周りで他の人と同じように名前を呼んだ。

寒い空気のなか白い息を吐きながら、懸命にトタンや壁などの中に血だらけの手を突っ込んでいた。不思議と痛みはなかった。二日後にはその傷から黴菌《ばいきん》が入り高熱を出して倒れ、病院に入院しているうちに三人の遺体は見つかって葬儀が終わっていた。

左の腕付近、ガラスで切った傷が原因で破傷風を起こしていた。入院したのは大阪の実家近くの病院で、意識がないうちに運ばれていた。

大学の卒業式にも出られなかった。あとで成績証明書と卒業証書をもらいに行った。

体調は元に戻っていたが、街はその趣を変えてしまった。四年も住んだあの風景はどこにも見当たらなかった。

もし式に出ても、仲が良かった三人が同じ場所にいない。それ以外にも欠けている人が多い中、あの笑顔がもう見られないなら行く必要もなかったし、行けるはずもなかった。

そんな資格は自分にはなかった。

三人はみんなきれいな顔だったと葬儀に出た友人が語っていたことを、風のたよりであとから聞いた。三人の笑顔を奪ったのは俺なのに、こうして妻と子供がいて守るものがある。

彼らを守ることもできなかったのに――。陥れたのは俺なのに――。

どうしても葬儀には出なければならなかったのに、行けなかった自分を罰するように、就職先での仕事もどこか上の空でうまくいかなかった。

それにもましてパワハラ上司に毎日ねちねちと仕事のできなさだけ責められて、神経がおかしくなり、吃音《きつおん》が出始めた。心療内科に罹《かか》り診断書を提出して仕事を辞めた。わずか二年しか持たなかった。

パワハラ上司の部長は身長が異常に低くそれがコンプレックスなのか、今から考えれば子供の成長障害の一種だったのかもしれない。手なんか小学生の指のように小さいものだった。

自分では仕事らしいこともせずに、部下の欠点だけをあげつらう精神異常のような細かい性格の上司の下に配属された他の者は、円形脱毛や、胃潰瘍、女性の場合は無月経や拒食症になり、半年以内に退社していった。

末永は罰だと思った。他にもたくさんいる社員の中で、そんな悪魔のような男がいる部署に配属されたことが。

両親の期待が大きかっただけに、給与の良い企業を探したが、治ったと思っても一番初めに入った企業で受けた心の傷は大きく、どこへ行っても長くは続かなかった。時々思い出す震災のことが、心の中で今も大きく揺れていることは間違いないが、それを妻にも子供、息子の慎吾にも言うことはできなかった。

さて、今日はもうこの地域は諦めて次の施工先にターゲットを絞り、気持ちを切り替えようと考えた。ぬるくなったペットボトルの水を飲んだ。まずい、こんなもの飲めたものじゃない。だが、慎吾の塾のためにアルバイトをしてでも大学だけは行かせてやりたかった。

末永は、土曜の午後からリサイクルの大型家具の運び出しを予約されていたので、店に寄ることにした。こんな調子では営業成績が上がるはずもない。

もともと営業など向いていない、大学を出てから三十年近くが過ぎようとしている。本来なら五十歳前だと部長くらいに出世していてもおかしくない年齢だ。だが家庭にも職場にも居場所はない。

それでも息子はかわいい。そう思う。特に自分に似て少し鈍くて涙脆《なみだもろ》いところが。

あと少し、亡くなった仲間の分まで生きられるのならば、生きることが許されるのなら、頑張って嫌な営業も続けることが自分に与えられた贖罪《しょくざい》なのではないかと末永は思った。

施主のガレージに置かせてもらっていた白いライトバンで、ポピンズに向かった。会社にはＳＮＳでほかの地域を開拓中と嘘《うそ》のメッセージを送った。

ライトバンのクーラーを最強にしてポピンズへと車を走らせた。ライトバンに描かれた『楽建ワークス』というロゴには白いガムテープを貼るのを忘れずに。末永は先ほどコンビニで買った冷えたミネラルウオーターで喉を潤した。慎吾ごめんよ、ダメなおやじを許してほしい。

先ほどのムカつく夫婦の顔なんかボトルの水で流し込んでやった。いつでも辞めてやる、こんな会社なんて。

最近はインバウンドの関係で、外国人観光客や修学旅行客が多いので他のタクシー会社に戻ろうと考えていた。大学を卒業しているので簡単な英語はできる。同じ頭を下げるのならば車の中にいるほうがいいし、ルートで介護タクシーという選択肢も最近は増えているという。石塚さんが一か月くらい前にそんな話をしてきた。

ポピンズの石塚さんとは、息子の古い漫画を持ち込んだ時からの間柄だった。彼が五十歳なので、自分よりはちょっと年上ということもあり、話がしやすかった。家でも職場でもできない愚痴を話すことにより、いい意味でガス抜きができていた。

拾った野良猫が子供を産んだので里親も探してもらっていた。早くしないと妻の佳恵が近所の川に流してしまいそうだった。三匹のうち一匹はワークスの女性事務員の知り合いにもらわれていったけれど、あと二匹だけが……。

石塚さんからは、マンションのひと部屋夜逃げの後始末を日曜にするから来てくれないかとも言われていた。

もう一度子猫のこともお願いしなくてはならないし、日曜のバイトでいくらほどもらえるのか少し楽しみになってきた。慎吾の塾の月謝の足しになるかもしれない。

六時までには到着できそうだ。いくらか営業をかけた証に、粗品のタオルを石塚さんにシールを外して渡そうと考えた。いつもお世話になっているから、何かに使ってもらえるとありがたい。友人らしい人は、この人しかいない。

リサイクルの店の社長から仁志の携帯に電話があった。颯真の家に向かう途中、玄関近くだったので、あとで自分から電話をすると返事をした。

颯真の家には何度か行っていた。颯真から結華の携帯に一度会いたいというメールが来たので、自分一人では嫌だと結華に言われた仁志は、気持ちが重かったけれども成り行き上、渋々颯真の家に行くことを決めた。

颯真の家は裕福で、改めて見ると圧倒される。敷地は通りの角から普通の家の二軒分ほどあり、警備会社のステッカーが玄関に貼ってある。父親は代々続く会社を経営しているので、颯真も別に就職などしなくてもいいのに、就活して失敗ののちに精神をやられてしまうなんてついていないと思ってしまう。

なんだってそんな無駄な時間を過ごしているのやら。普通の家庭に育った仁志にすればただの気まぐれにしか思えなかったが、この友人関係も三月に大学を卒業するまでだと決めていた。お金がない時によく学食で奢《おご》ってもらったりしたし、教科書や参考書も使わないようになれば後期に自分が使うからと、タダでもらったりしていた。おまけに彼女まで転がり込んできたものだから、そのままにするのはばつが悪かった。

二十社は確かに多いが、別に不採用の通知ぐらいで精神を病むことはないだろう、お坊ちゃま育ちはこれだから……などと考えていたら、母親がお茶を入れて、応接室に入ってきた。

「ごめんなさい、せっかくお越しいただいたのに。声をかけたけれど、部屋から出てこないの」

颯真の母は若く美しい人で、面立ちがどことなく颯真に似ていた。仁志の母親と同年代なのだろうが、さすがセレブとみえて髪も肌も入念な手入れをしていた。だが、大事な息子が引きこもってしまったのだから、憂いを帯びた作り笑顔も痛々しく、目の周りが少し黒くくすんで見えた。

「そうですか、僕たちはいいのです。出てこられるようになったらまた来ます」

仁志は母親に向かって謙虚に言った。隣で無言でいる結華にも、何か言うように目線を送った。

「木下君には仲良くしてもらったので、早く良くなるように伝えてください」

普段の甘えるような話し方を封印して、真面目な声でお菓子の詰め合わせをそっとテーブルの上に置いた。それは通りの商店街で仁志が買ったものだった。結華は元彼の家に見舞いに行くのに、手ぶらで行くつもりだった。

「あら、ごめんなさい、こんなに丁寧に。あの子、こんな素敵なお友だちがいるのに」

突然顔を覆い、母親は涙ぐんだ。

「あ、すみません、お母さん。僕たちもう、失礼します」

颯真のあの透き通るような肌に目鼻立ちの端正な顔は、もう見られないのだろうか。こんなことで自信を失うほど、就活は恐ろしいものなのだろうか？　三社しか書類を出していないのに二社から合格をもらった仁志は、なんだか申し訳なく思っていた。おまけに彼女まで奪った形になっている。

「あの、よかったら時々はいらして。大学の卒業式までには何とか……」

「そうですよ、まだ時間もありますから、ゆっくりと静養したらいいと思います」

「あなたはもう、内定が出ていますの？」

「はい、まあ、一応……」

仁志は俯いて答えた。

「そちらのお嬢さんも？」

母親は恐る恐る結華にも尋ねた。

仁志は結華の横顔を見たあとで、母親の顔を控えめに見た。

「はい、でも、私も十社ほどでやっとです。誰も知らないような会社です」

結華なりに言葉を選んだようで、仁志はほっとした。

「そうなの。他の皆さんもそんな感じかしら？」

涙を浮かべてハンカチを握りしめた母親は、更に尋ねた。

「いいえ、まだまだこれからですよ。颯真君だけじゃないです。他にも内定の出ていない人はたくさんいますよ」

仁志は力説した。

「そうよね、そうでしょ？　私も知り合いの奥様や高校の同級生のお母様にお尋ねしたのですが、一流企業を狙う場合は落ちてしまうので、もう少しランクを下げても良いと言われましたの。うちは代々会社を営んでおりますので、知り合いの企業に勉強に行かせて、そのうち、うちの会社に戻ってくるのだから、そんな就活などしなくてもいいと言いましたの。なのに、無理して、体を壊してしまうなんて。ねえ」

一気に話すと再び涙ぐんだ。ハンカチは白くてとてもきれいな光沢のあるものだった。

「私は、木下君が元気に大学に来てくれるようにお手紙を書きました。携帯は切っているみたいなので渡してください。会いたいとメールが来たのですが、無理でしたね……」

結華は突然、バッグから封筒を出して母親に渡した。

そんなことを聞いていなかった仁志は内心穏やかでなかったが、それも悪くない。元彼女としての思いやりだと、嫉妬するのはやめて静かにうなずいた。そこまで結華を愛してもいなかったのかもしれない。だが内容は少しだけ気になった。しかし何を書いたのだろう？

「では、失礼します」

仁志は居心地の良いソファーから立ち上がった。出された紅茶を飲まないと失礼なので、少しだけ口をつけてお辞儀をした。

「さようなら。お母様。お大事になさってください」

珍しく結華は大人らしい声を出して挨拶していた。

「忙しいのに、ありがとう。ごめんなさいね。これに懲りず、またいらして」

「はい、僕たちで良ければ……」

颯真の母親は幾分疲れの出た目元を隠しながら、立ち上がった。自慢の息子の挫折にどうしていいのか分からないようだった。家柄なんかこの場合、何も役に立たないのだろうか。知り合いに腕の良い医者のつながりなどがあれば、何とかなりそうに思うが。

自分なんかが結構大きな企業に合格できてしまったことが、悪いような気がしてきた。玄関から通りまでは少しある、広大な敷地の三階建ての豪邸。仁志が見上げた時に、どこかの窓のカーテンが揺れたような気がした。その向こうには颯真がいたのだろうか。

結華は無言のまま、おとなしく離れて歩いてついてきた。そこまではよかった、それでいい。そう思った時に、門扉のところで仁志の背中に結華はくっついた。

「おい！　やめろよ。颯真は家にいるはずだ。見ていたらどうする？」

仁志は驚いて結華を突き放した。何だってこんなことをするのだと苛立った。

「見ていないわ、きっと隠れているわよ。それに、いい子にしていると疲れる。ねえ、早く帰りましょうよ。あのお母さん、上品ぶって嫌ぃ」

木下邸からしばらく無言で歩くと、結華は仁志のコートのポケットの中に手を入れた。仁志は小さな結華のその手を握ったまま離さなかった。無邪気というか狙っているのかは分からないが、本当に少し甘えすぎの小悪魔のような、結華のこんなところが颯真も好きだったのではないかと思われた。

「やればできるのに、普段はなんでこんなに脱力しているの？」

「ええ～？　疲れるじゃない。あれはお仕事用の結華。就活の時もずっとあんなことしていたら嫌になったわ。四月から会社で毎日あんなことしていたら死んじゃう」

「子供みたいなことを言うんじゃない。結華は楽天的なんだよ。社会人になる自覚はないのか？」

「え？　お金は好き。だからお仕事しないと。それだけのことよ」

「やりたいことがあるから？　出版社しか受けていないよね？」

「べつにぃ。本を読むのが好きだし、それだけよ。他の仕事には興味はないの」

「それだけ？　それでよく合格したな」

「一応、それなりに努力はしたのよ」

「三日で会社を辞めたいなどと言うことは、やめたほうがいい。次にどこも雇ってくれないから。最低でも三年は我慢しないと」

「それぐらい分かっているわ」

「僕はお金が貯まるまでは社宅にいるつもりだから……」

「会うのは外でということでしょう？」


何も考えずに無言でバス停に到着したが、バスは通過した後だった。次のバスが来るまで二十分もある。この寒空の下、夕闇が迫るのに仁志も嫌になってしまった。鬱々とした気分のまま、こんなところに居たくない。あの窓から颯真は自分たちを見ていたのではないか。なぜ二人で来たのだろうと不審に思わなかっただろうかと、妄想が膨らんでしまった。


いつもは公共の交通機関を使う。免許だけは持っているが、車を買うとか、そんな余裕は仁志にはない。空車が運良く見えたので、ためらわずにタクシーに手を挙げた。

「今日だけだからな」

「うん、ここに立っていたら寒いし。でもどこかへ行くの？」

「レストランにでも行こうと思う。緊張して今まで何も食べる気がしなかったんだよね」

「そうなの？　私はそこまでじゃないけど、正直あまり会いたくはなかったかな。メールが来たから仁志に相談したけれど、本当は無視しても良かったのかもしれないね。家まで行ったのに、出てこないんだもん。なんで私たちが悩んだりしないといけないのか、意味が分かんないわ」

「颯真は少し天然な部分があって、僕はそんな彼がまぶしく見えたよ。親ガチャなんてそんなものだと諦めていたけれど、これが現実なのかなと今日ほど強く感じたことはないな。なのに、就活で思い詰めて大学に来られないなんて……」

「いつまでも子供だったみたいね。初めは私も真剣に彼を何とかして助けてあげたいと思ったわ。でも、私まで遠ざけ始めて、自分の殻に閉じこもるようになって。一方的に別れを匂わせてくるし。もう、会いたくないって言われたらどうしようもない。でもここまで拗《こじ》らせちゃうなんて想定外」

「お金の心配をしなくてもいい生活なのに、何を悩んでいるのか、僕には分からないな。今日の持ち合わせがいくらなのか、財布にいくら入っているか、颯真は考えたことなどないだろうに。

就活はコミュニケーションの力が試されると思う。颯真に足りないのは何だっただろう。成績がそこまで悪いようにも思えないし。まさかとは思うけど、エントリーシートの出来が悪かったのかもね」

「そう……。でも私もエントリーシートは大事だと思うわ。私だって、仁志に添削してもらったから内定もらえたのかもしれないし」

二人で颯真の話をしながらも、仁志はあの立派な家の窓の向こうからこちらを見ていたのではないだろうかと少し心配をしていた。しかし、ここでも仁志は、彼と自分の今の違いに優越感で満たされていた。後ろ盾を何も持たない自分が彼の持たないものを手にしている。

タクシーのドライバーに、この辺りにあるリーズナブルでおいしいレストランの前で止めてくださいと仁志は頼んだ。仕事柄、店のことは詳しいかと思ったからだ。その割には気の利いた運転手ではなかったようだ。ただの定食屋みたいな小さい店の前で止めてくれた。

「帰りは地下鉄の駅がその先にありますから、便利です」

「ありがとうございます」

「結構おいしいと評判のお店ですよ」

不愛想な初老のドライバーだったが、最後降車する時だけは笑顔だった。それは結華に向けられたものだった。かわいいということは何かと有利であることは間違いない。

この辺りは山の手で、恐ろしく高級な店しかないのではないかという疑問が頭に浮かぶ。もしかして財布の中の持ち合わせで足りるのか不安になってきた。

店内は適度に客がいた、家族連れが多いということは、味には定評があるのだろう。あいている席に座ると、自分の母親と同じ年齢ほどの女性が水とメニューを持ってきた。ハンバーグやスパゲティーナポリタンなどが並ぶ。なんだ、普通の洋食屋ってことじゃないか、金額を見て少し胸を撫《な》で下ろす。仁志はハンバーグ定食に決めて、結華にメニューを渡した。

おしぼりで手を拭いただけでは、嫌な汗が取れなかった。化粧室を探すと店の奥にあった。手を洗いに行こうと思い、立ち上がって結華に言った。

「結華、自分の食べたいものが決まったら、注文してくれないか。僕はハンバーグ」

「いつものね、了解です。私は何にしようかな」

ニコニコと笑いながら、おしぼりで手を拭いてメニューを見ていた。この笑顔は無敵だ。大学を卒業して別の会社に入れば、きっと結華は男性の目を引きつけて、いろいろと言い寄られることだろうと思いながら、シャボンで手を洗っていた。

鏡に映る自分の顔を見ると、愛らしい結華とは似合っていないなと思い、少し寂しい気持ちになった。颯真がもしも窓から見ていたら、こんな気持ちだったのではなかったか？少しばかりの罪悪感を洗い流した。

この時は、もしも颯真と会っていたら、自分たちはどんなふうに見えただろうかという心配ばかりしていた。本当に颯真の今の心情なんか全く考えていなかったのではないだろうかと、あとから気が付く。

「お帰り、注文しておいた」

「ごめん、どうしても手を洗いたかった。颯真の家が立派すぎて変な汗が出た」

言わなくてもよい嘘をつくことには慣れてしまったのかもしれない。

結華は手招きして小さい声で言った。

「この店、値段が思ったより安いの。たくさん頼みそうになったけど、もうこんな時間だし」

「そう、よかった。で、颯真に手紙渡すなんて僕は聞いてないけど」

仁志は自分の財布の残高を素早く見て尋ねた。

「ええ～。そんなこと気にしていたの？　早く元気になってねって書いただけ」

「でも、そんな手紙もらったら、颯真は別れてないつもりにならないかな。メールかなんかでよかったんじゃないか？」

「向こうから別れてほしいと言われたのよ」

「聞いた、それは。なら、手紙なんて……」

仁志は嫉妬しているのではない。少し病んでいると思われる友人が変な気を起こさないか、これ以上悪くならずに、大学に戻ってきて一緒に卒業式を迎えられたらいいのにと思っていた。これも建て前で、本音は別のところにある。

結華は困った顔をして、急に真剣な声を出した。

「ねえ、私たち、就職したら結婚しない？　それとも婚約だけでも」

「えぇっ！　急に何だよ。逆プロポーズか。びっくりするじゃないか、まだ付き合って三か月だし。どうした？」

　仁志は思わず笑いだした。就職先に自分よりも良い男がいるとは思わないのか？　結婚？　この若さで。まったく、何を考えているのやら。唐突すぎる冗談に、驚きを通り越した。全く分からない。試されているのだろうか。

　結華の顔を呆然と見ていると、先ほどの店員が料理を運んできた。結華はスパゲティーナポリタンとサラダを注文していた。小さい空の小皿が一枚、余分に置かれた。これは何だろうと仁志が思っていると、

「ハンバーグ、少しちょうだい。結華のスパゲティーちょっとあげるから」

なんだ、この幸福感は。仁志はこのまま結婚してしまいそうな気持ちになった。いかん、これは結華の作戦だ。まだ付き合って三か月しかたっていない。おまけに二年間は親友の彼女だった訳あり女だ。

　仁志が内心焦りまくっているところに、容赦なくナイフとフォークで三分の一だけハンバーグを切り取った結華は、皿の空いた部分にスパゲティーを器用に盛った。

「頂きます、ねえ、食べないの？」

　なんだか涙で滲《にじ》んで結華の顔が見えない。仁志は困惑しながらご飯をほおばった。これが恋なのか。何度も抱いた女のことを、今頃愛し始めたことに気が付いた。

「おいしいな、この店。運転手さんに感謝だな」

仁志が照れ隠しに言うと、

「また来ようね。だってコスパ良すぎよ。おいしい！　このハンバーグ」

無敵の笑顔は食事が終わるまで続いた。多幸感で胸も腹もいっぱいになった二人は、ホテルに行くことなく仁志のアパートに帰ることにした。颯真の家で気を遣い、疲れたからだ。

「あのね、仁志がいない間にあのリサイクルショップのおじさんからＬｉｎｅが来たの。猫の画像。あとで見ようね」

地下鉄の中で仁志は、この先どんどん結華という温かい沼に首までどっぷり浸かって息ができなくなるのではないかと心配になってきた。身動きができないようになってしまう。

不思議な魅力のある女、結華は、まるで違う二つの顔を使い分ける器用な女だと、仁志はこの時まだ気が付いていていなかった。結華は、仁志の知らないところでできる女として立ち回っていた。男の前で見せるかわいい女はフックであり、簡単に男は騙《だま》されていく。その様子が可笑《おか》しくて、結華はいつしか二重人格のように自分をスイッチングすることを習得していた。

仁志は同じ布団の中で子猫のように寝息を立てる結華の頭を撫でていた。いつまでもこんなふうに夜を過ごし、朝が来たらお互いの生活を過ごす。そんな日がいつか自分に来るのだろうかと考えていた。

一枚の毛布と布団では少し小さい。いつも結華は裸のまま眠ってしまう。毛布をかけてやろうとすると、冷たいお尻に手が触れた。小さいショーツをそっと穿《は》かせる。さわさわとした茂みにそっと蓋をする。

なんと無防備な女なのだろう、仁志は自分のTシャツを頭からかぶせた。手を通すのは諦めた。押し入れからもう一枚の毛布と布団を引っ張り出した。ヒーターをつけて、そっと隣に潜り込んだ。まるで結華は子猫のようだと仁志は思った。

颯真が自分たちの前に現れたらどうする、何と言い訳したらいいのだろうか。善良そうなふりをして、傷ついた親友の彼女を平気で寝取った男、それが自分だと言えるのだろうか。隠し通せるものならこのまま、いっそどこか遠くへ行けばいい。勤務先の大阪ならば、颯真とも疎遠になる。携帯の番号も変えてしまえばいい。

結華のスマホの画面に映る子猫の愛らしいこと、嫌いだった猫までもかわいいと思えるのはなぜだろう。大阪の社宅には三月初めに空きが出たので入れてもらえるそうだ。リサイクル・ポピンズがこの部屋を空っぽにしてくれる。

少し早いが、結華に安い指輪を買ってやろうかと仁志は思いながら天井を見上げた。まさかポピンズで買うなんてことはしたくない。だが今までそんなもの買ったことはない。そうだ、ネットで買えるか。サイズはどうしたらいいだろう。口を開けて眠りこけている結華の顔を見た。

真っ暗な部屋は怖いという結華のための常夜灯。薄いシミが見える天井や、薄汚れた壁のこの部屋ともお別れだ。

寝返りを打つ結華の頭を自分の腕から下ろして、枕の上にそっと置いてやる。

こんなことを颯真もやってきたのだろうか。今まで感じなかった、気が付かなかったことが、仁志の心の中で天井のシミのように広がり始めた。颯真がいなくなればいい。そんなことを思いながら仁志は深い眠りについた。恐ろしく気を遣い、疲れた一日だった。

クリスマスの夜

仁志はクリスマスにコンチネンタルホテルのディナーを予約した。サイズには自信がなかったが、ホワイトゴールドの指輪をちゃんと購入した。意味深なダイヤなどというものは避けて誕生石にした。結華の誕生月は三月なのでアクアマリンらしかった。店員に言われて初めて知った。

ネット通販で購入しようと思ったが、ちゃんと元町に出向いて、ごった返す店で買うのはかなり勇気が必要だった。しかし、あの小柄な結華が子猫のように自分の腕の中で寝ている顔を見たら、クリスマスに驚かせたいと思うのは自然なことだった。

ただそれだけ、喜ぶ顔が見たい一心で予算をオーバーしたが、奮発した。颯真でなく自分を選んでくれ、結婚しても良いとさえ言ってくれた初めての女性に対しての、仁志の男としてのプライドだった。

「これ、よかったらだけど、付き合って初めてのクリスマスだからプレゼント」

仁志はレストランを出て、外を少し歩いて港に出た時、ポケットからさりげなく差し出した。

「私もプレゼント用意したの、キーホルダーだけど」

結華はバッグから小さな紙袋を出した。周りにもカップルが数組。さりげなく隣の二人に見られている感じがしたので、さっと受け取りポケットに入れた。

「ありがとう、僕のことなんていいのに」

「やだ、開けてくれないの？」

結華は大きな声で言った。

「周りに人がいるだろう、恥ずかしいからあとで」

「先に渡したのは仁志じゃない」

結華は笑って言った。瞳が少しうるんでいた。

寒いから帰ろうと言っても動こうとしない。開けないから機嫌を損ねたのだろうか。

「仁志は、こんな私でもいいの？」

結華は急に駅のほうに歩き出すと仁志のポケットに手を入れた。冷たい手だった。手袋をすればいいのに。仁志は自分の手を出すとその手を握った。

「手袋にすればよかったな、人のポケットに手を入れるから」

「何だろう、こう、仁志の体温で何となくポケットが温かいから」

きらきらとする瞳はまっすぐ前を向いていた。

「部屋に帰ったら、すぐに開けて」

「なんだろう、楽しみ」

とつぶやいて結華はゆっくりと歩き出した。だが、急にその歩みが更にゆっくりとしたものになった。

膝から崩れ落ちた結華は動かない。どうした？　と思った時はもう遅かった。周りで叫び声が聞こえる。振り向いたら、そこには颯真が呆然と立っていた。手には果物ナイフのようなものを握っていた。切っ先に滴る赤いものはなんだ？

どうして颯真がここにいるのだ、一体結華に何をした？

結華の白いコートには、みるみる赤い染みが脇腹から広がる。誰かが叫びながら駆け出していく。仁志は結華を抱きしめた。

「ねえ、早く帰ろうよ、仁志。でもなんだか寒い。感覚がないのよ。ねえ、なんで？　仁志の顔が見えないわ。どうしよう、ねえ、なんで、かな……」

「しっかりしろ！　結華、大丈夫だから。僕はここにいるよ」

誰かが呼んでくれた救急車のサイレンがすぐそこまで来ていた。喧噪《けんそう》の中で、仁志は結華の手を握ってその名を叫び続けた。


あのクリスマスから三日後、ようやく少し事態は落ち着いた。結華に命の危険はなく、重傷と軽傷の間のようで、仁志は少し安心した。だが、人間の体からあんなにたくさんの血が流れても死なないんだと驚くとともに、生きていてくれたことに安堵《あんど》した。

あの時は、もう二度と結華の笑顔を見ることができないのではないかと、仁志は人目もはばからず取り乱した。普段は冷静に物事を判断できる性格のはずだったが、こればかりはどうすることもできなかった。

出血は多かったが、結華は五針ほど脇腹を縫合しただけで、傷痕は残るが感染症も起こさず、もう少しで退院できる予定だった。

木下颯真はその場で警官に取り押さえられた。なぜ二人がここにいるのが分かったのか不思議だったが、結華のマンションから後をつけてここまで来たと供述していたと警察から聞いた。

やはり、彼の家を訪問した時に、二人の去り際を自室の窓から見ていたそうで、仁志と結華の関係を勘ぐり、今夜はずっと後ろからつけてきたが、予想を裏切らない展開に頭に血が上り、凶行に及んだということだった。ナイフなど持ち歩くことのない颯真だったが、病気が彼を変えたのだろう。

加害者、颯真が精神的に不安定だったことと、過去の二人の関係を考えた結華の両親は、娘のプライバシーが面白可笑しく世間に流布されることを恐れ、木下家と示談の協議をした。

結華の負った傷は命に関わるものではなかったとはいえ、警察と相談して示談の方向に物事を処理しようとしていたことを、仁志は好ましく思わなかった。

颯真の実家が富豪であり、彼の母親の受けた精神的ダメージを考えて、父親の雇った弁護士が金銭的に破格の条件を提示したことも大きく、結華の両親はお金に目がくらんだようだった。

結婚前の体に傷痕を残した、結華の精神的なダメージを考えればあり得ないことだと仁志は思っていたが、それを意見できる立場ではなかった。

結華の見舞いに行く時、病室ではその話は絶対にしないし、したいとは思わなかった。自分たちのこれからの明るい未来を土足で踏みにじられたような気持ちしかないと思うことは悪いのだろうかと、少し鬱のような気持ちになることがある。

しかし、結華を支える立場にある仁志は、就職のことも卒論のこともあったが、何とか踏ん張って耐えた。あまりにも結華の両親の反応が冷たいことに我慢ができなかったからだ。

だが、結華はそんな親のことは悲観していないし、また、親に自分のことをきちんと紹介してくれるわけでもなかったので、仁志は何となく納得のいかない気持ちになったことは否めない。

颯真は警察病院に入院を余儀なくされた。それは当然の措置なのであるが、仁志は颯真の気持ちが知りたくて一度話をしたいという思いもあり、弁護士が来た時に面会を申し込んだ。

しかし、彼の両親から見舞いには来ないでほしいと言われ、行く勇気もその気も失《う》せた。悪いのは自分たちではないのかという罪悪感もあったが、結華に危害を加えるという凶行はあまりにも短絡的だ。お互いに話せば分かることで、自分たちは友人だったから、このようなことになって非常に残念だった。

それにしても、親たちの行動に納得がいかない。すべてを精神的に問題があったということにして終わりにしようだなんて。

金銭ですべてを終わりにしようという考えもおかしいと思ったし、結華の体に一生残る刃物の傷と心の傷は、いくらかかっても拭えるものではないのに、なぜだか大人たちはみな、この事件をなかったことにしようとしている。若者の未来を考えてのことだと思えばそれまでなのだが、もしも結華が死んでいたら、問題はこれでは終わらないはずだと仁志は思っていた。

あの時渡した手紙には、本当は何が書かれていたのか。仁志は結華に何度も尋ねたが、はっきりとは答えなかった。そこに何か、今回の事件の引き金になることが書かれていたのではないかと仁志は引っかかっていたけれども、結華が内容を言いたがらない以上、しつこく聞くことはしなかった。

警察にもいろいろと過去の交際関係のことも尋ねられたことだろうし、ここで仁志があまりしつこく聞いても結華の受けた心の傷が深くなると思うと、仁志はストレスで食事ができないほど苦しんでいた。

仁志が結華を奪ったのではない。一人で不安そうにしていた彼女に優しくしただけ。性格的なものもあるのだろうが、そう思うことがこんな事態を招いたのかと、仁志は激しく動揺していた。

だが、強く芽生え始めていた結華への恋慕の気持ちが仁志を突き動かして、ほぼ毎日病院に行き、結華の顔を見て話しかけていた。

リサイクルショップで結華が譲り受けた子猫は仁志が預かり育てているが、それもまたやむを得ないことだった。まさか、このような出来事に見舞われるとは思っていなかった、誰も。

結華が譲り受けた猫に名前はまだない、結華は名前を考えている間に元カレに襲撃されて入院してしまった。が、病室に見舞いに行くたびに、プレゼントの指輪を指にはめて仁志に見せる。まだ傷が痛むようで苦悶《くもん》の表情を時々浮かべるが、すぐに笑顔を作るのが痛々しかった。仁志が代わりに面倒を見ている猫の画像を見ては嬉しそうにしていることが哀れに思われた。

「せっかくもらったのに、ごめん、こんなことになって」

結華は弱々しく笑った。指輪は右手の中指にはまっていた。

「いや、結華は何も悪くないよ」

「ちゃんと別れたはずなのに、なんでこんなことに……」

「颯真は僕たちのこと、知っていたんだな」

「別に私たち、何も悪くないわ」

「そうだ、別に疚《やま》しいことなど何もない……」

「せっかくのクリスマスが台無しよ」

仁志は結華がくれたキーホルダーを見せた。アメリカの国旗を模したブランドものだった。この話題はもうおしまいにしてしまいたかった。ぎこちない会話だが、心の探り合いは退院するまでにしようと仁志は考えていた。

ただ、結華の両親と対峙《たいじ》することが意外と早かったことだけが誤算だった。結華を守れなかったことを責められるかと思ったが、これからもお願いしますと言い残し、早々に広島へ帰ってしまったことに驚きを隠しきれなかった。一人娘のことが心配ではないのだろうか、いくら命に関わらないとしても。

だからこそ、仁志は結華のことを見守らなくてはならないと思った。結華の部屋に風を通しに行った時のことだ。

猫のケージや猫用のトイレの他に、あの細身の鏡が玄関脇の廊下に置いてあるのを見た。これはリサイクルショップにあったものではないか。知らなかった、この鏡を買っていたことなど……。

銀色の縁は、もう一つの物より上等に見えた。値段はたしか千円程度。そこに映る自分の顔は少し痩せたようにも思えた。

仁志は、猫の餌とトイレの砂をポピンズの石塚に配達してもらおうと携帯を出した。すると、先ほどまで一緒だったのに結華からＬｉｎｅが来ていた。

『明日無理して来なくていいよ、バイトあるんでしょ。結華は大丈夫。マリンのお世話任せてごめんね』

涙の顔のスタンプや猫のスタンプで溢れていた。チャトラの雑種の猫の名前……。マリンというのか。仁志はそれも聞いていなかった。入院中に考えたのだろうか？

塾のバイトは十一時から夜の最終コマ九時まで休みなしだ。稼げる時に稼いでおこう。颯真とはこれっきり縁が切れたのだろうか、どうかこれ以上心がかき乱されることがないようにと思った。結華の部屋を施錠すると、バイト先に自転車で向かった。


結華が退院してからはとても忙しい日々となった。

あの事件は、新聞やニュースに出てしまうようなことに発展するところだが、結華の両親が大げさにしたくないと、若者たちの将来のために警察には、報道関係へは伏せてほしいと頼み込んだ。

仁志は英断だったと思ったが、本当はそれではよくなかったことをこの時は知る由もなかった。結華の本当の姿を仁志はまだ知らないし、最後の時まで知ることはなかった。さりげなく、これから出会うことを鏡が知らせてくれていたのに。

仁志は鈍いのではない、優しい男だっただけだ。


大学は一月中は入試のためにずっと休みなので、仁志も結華もバイトをして卒論を提出するための時間で手いっぱいだった。新しい年になり、ポピンズが七日に仁志の部屋を整理してくれることになっていた。

「この箪笥《たんす》とベッド、ソファー、台所のテーブルだけでいいですか？」

石塚はメジャーで測りながら手際よく見積もり用紙に記入していた。それ以外の物は食器など、使えそうなものとゴミに分類してくれた。手慣れたものだ。

「狭い階段ですが、大丈夫ですか？」

仁志が尋ねると、

「ああ、それは大丈夫ですよ。四人ほど来てくれますし、トラックも手配しました。そうですね、どれもきれいなものばかりですから、二万円お渡しできますよ」

黒い眼鏡を押し上げながら、石塚は電卓を見せた。

「ええっ、もらえるのですか？」

「はい、もちろんです。二万円ほどでどうでしょうか？　うちはリサイクルショップですから、また他の人が買えば儲《もう》けが出ます。大型ゴミで処分すれば一円にもなりません。彼女さんに猫を一匹助けてもらいましたからね。特別ですよ。かわいいでしょう？」

「猫の写真ばかり送られてもう、フォルダーが猫だらけですよ。僕は花粉症などのアレルギーがあるので、本当は嫌でした。ペット禁止のマンションのはずだから、知らないぞと言いましたがね」

「あたた、それはすみません。でも、久我さん、引っ越し先はもしかして社宅ですか？」

「はい、だから、今までのようにお互いの部屋を行き来することは難しいですし、猫がいたほうが結華も気が紛れると思います。ただ、捨てようと思っていた物にこんなお金をもらっていいんですかねえ。僕は処分費用がかかると思っていました。一人ではこんなもの動かすこともできないし、本当に助かります」

仁志は思ったよりも高額な買い取りに、石塚をなめていたことを反省した。外見のうさんくささは自分の偏見。人を見た目で判断していた自分が少し恥ずかしかった。

この際、大阪までの引っ越しも頼めないか聞こうと思った。すると、

「引っ越し会社はお決まりですか？」

「大学生協の運送で行こうかと思っていました。大阪方面ですが」

石塚の言葉に心が読まれているようだと感じた。この人は不思議な人だ……。

「うちなら、生協の半分で行きますよ」

電卓には八千円が提示されていた。確か、大学生協のパンフレットには二万円からとあった。

「大きなものがないですから、五千円でもいいけど、ガソリン代くらいでお手伝いしましょう。代わりに足りないものがあれば、うちの商品を買ってくださると嬉しいです。引っ越しはみんな同じ時期なので、取り合いになり、値段も高騰しますよ」

ニコッと笑いながら、黒の大きな財布から二万円を出した。

「先にお渡ししますが、これで引っ越し代金と足りないものを買ってくださると、お手元にはお金は残らないかもしれないですが、煩わしいことから解放されます」

石塚はこうやってあの店を切り盛りしているのか。抜けているような印象とは裏腹に、実はとても商売がうまい人だということに仁志は気が付いた。

「ゴミも今日持って帰り、処分しておきますよ。あとでまた出ましたら、その時は引っ越しの時に出してください」

「すみません。何から何まで」

「いいえ、大阪の新居までのルート考えるので住所を教えてください。彼女さんは、ペットばれたら退去させられる？」

石塚は玄関で靴を履いて振り向き、尋ねた。

結華の事件のことは言わなかった。新聞にも出ていなかったし。

「ああ、もう、今のマンションはペット禁止なのでひやひやしていますよ。でも元気です。次のマンションは決まったので、そこに早く行ってほしいですね」

「押しつけたみたいで悪いなと思っていました。うちのバイトの人が拾った猫が産んだとかで困っていたのですよ。本当によかった。そこの奥さんが保健所に渡すと言ったから、ここは広いから預かって、外に置いていました。段ボールに入れてね。何となくかわいそうになって」

石塚は目尻に深いしわを作り、笑顔を見せると、じゃあと言って頭を下げた。

「また、大阪に行ったあとでお店に行って、足りないものを探します」

少し猫背だが、細くて背が高い仁志を見送る。

これで、もう全部終わった。あとは卒業式を待つだけだ、しばらく結華のマンションに泊めてもらい、バイトに励むとするかと仁志は思っていた。仁志の下宿よりも結華のマンションのほうがきれいで広いが、女性の入居者が多いから気を遣う。じろじろ見られても困るので、塾の講師のバイトをできるだけたくさん入れた。

結華はあまり実家や親のことを話さなかった。家族のことが好きではないのかと仁志は思った。そこはお互いに深入りしなかった。きっとあんなふうに普段と公式を使い分けているくらいだから、何か抱えきれない深い問題を心の奥底に沈めているのだ。

お金は仕送りが潤沢そうで、足りないものはなさそうだった。引っ越しも仁志のように節約せずに、大手の引っ越しの会社とちゃんと契約していたし、親が出してくれると言っていた。

結華はバイトをしてもすぐに辞めてしまうが、お金には困っていない感じだった。なんでも、おばあちゃんが親とは別にまとまったお金を送ってくれるそうだ。それも不思議な話だったが、深く尋ねはしなかった。結華のことが好きだが、それ以外のことには特別介入すべきではないと思ったからだ。

裕福な家族は羨ましい。仁志は妹の受験で、偏差値が足りないので私立大学になれば大変だと電話で両親がこぼしていたのでうんざりしていた。

まさか、クリスマスプレゼントで結華に二万もする指輪を買ったことを言うはずもないし、彼女の存在も隠し通した。母親や妹に何を言われるか分からない。大学も公立だったし、大学院にも進まなかった。これ以上、親のすねをかじらないため、結華との将来のために仁志は誰にも言わず、社会人としての人生設計をしていた。親にも邪魔はされたくなかった。

もう一つの顔

結華の病室は七階の個室。

颯真の親が雇った弁護士から、手術を含めて入院にかかる費用は、退院する時にすべて颯真の親が払うということになっていると聞いた。窓の外は、六甲の山並みが遠くに見える程度で退屈だった。

颯真に刺されたのは左の脇腹で、いまだに傷が疼《うず》く。少しかすった程度でも人間の皮膚など刃の前ではもろいものだ。

結華は一人つぶやく。誰もいないのをいいことに。

《まったく、何を考えてこんなことを。ちょっと手紙で近況報告をして励ましてやったのに、まさか自分の後をつけてくるなんてダサい。おまけに警察沙汰なんて、大学や内定している出版会社に知れたら取り消されてしまう。本当に病気だからしょうがないけど。

颯真は素晴らしくかっこいい顔だから惹かれたし、初めての男だったのでとても好きだった。体の相性も良いと勝手に思っていた。二年の間に颯真の好みの体になっていると、自分でもちょっと自信があった。

学内でも颯真にちょっかいを出してくる女がいたが、みんな裏で軽くしめてやった。颯真は自分だけの男、こんなかっこいい男は他にいないでしょう。おまけに資産家の坊ちゃんなのだから、このまま結婚できたら最高だと思っていたし、それを疑わなかった。それが、就活で惨敗が連続して鬱々としていると思ったら、まさか本当に引きこもりになってしまうなんてまったく、とんだ根性なしだったわけで、計算が狂ってしまった》

当時を思い出し、結華は舌打ちをした。

颯真には仁志という友人がいた。真面目を絵にかいたような男で、口数は少ないが頭がよかった。貧乏そうな実家だが、その分ハングリーでいつもきちんと講義を受けて、GPAは三・五近いと聞いた。同じゼミにこっそりと潜り込んだが、講義は難しすぎて落としそうになったものの、颯真の彼女ということで何とかノートや過去問題を見せてもらい単位を得た。

それ以来、少し話す機会ができたのを逃さなかった。颯真が何となく調子が良くないことを相談してみようと思いついた。それから颯真とも連絡が取れないままに、去年の六月からは仁志と一緒にいることが増えた。

四回生は大学院に進学する者が多かったが、就職できる時にしておけば早く社会人になり、自由に過ごせる。学生気分を味わうには四年で十分だった。

この大学には、もう好みの男はどこにもいなかった。顔がいいと思えば頭がよくない男や、男女問わず空気が読めない人は、苦手だった。そこにきて颯真は、使い切れないほどのお金持ちの御曹司で、顔面偏差値の高さも揃っていた。

公立の大学は男子が多かったが、勉強しかできないタイプや、医学部の浪人を経てしょうがないから入学してきた者が多くて、女の子に慣れていない男子学生が多い。そんな中で颯真は、自宅から近いということで進学してきたらしく、女の扱いにも慣れていて掘り出し物に思えた。

いつから発現したのかは覚えていないが、違った人格を適当に起動させて、か弱い女の子アピールを繰り返し、接近して颯真を手に入れたのだった。

恐らくそのせいで、他の女友だちは全員去っていった。そんなことは気にしない、女の嫉妬がこれほどのものなんてたかだか分かりきっている。

これだけのスペックの男は他にいないと思っていたはずなのに、この不条理に怒りがふつふつと湧き上がってくる。計算が狂ってしまった。

どこかがおかしい、病気なのかなと思ったら、早めに病院を探し受診すれば良かったのに。おやじのコネでどこにでも潜り込めばいいものを、仁志が一部上場の製薬会社に決まったのは三社目だったものだから、落ち込みやがって、本当に病気になってしまった。

颯真にはあえて連絡は頻繁にしてこなかったが、引きこもりでも母親の目を盗んでこっそりラブホテルに出てきたりして、それだけはできたのに。仁志とのことを勘ぐり始めたものだから余計に鬱状態が加速してしまったようで、本格的な引きこもり状態になるなんて。

仁志が何度か颯真の家に行っても出てこないものだから、一緒に行くように言われて嫌々ついて行った時、見切りをつけるために手紙を渡し、窓から様子を見ていることを想定して仲良くしているところを見せて、発奮するように仕向けたのに。

『仁志はあなたがいない間の代打だから、早く私のところに戻ってきてほしい』とＬｉｎｅに書いたのに。頭が悪いものだから、あんな馬鹿なことをして。社会的に抹殺されるところを、私は涙まで流して示談にするように持ち込んだ。書類送検だけで終われば禁固刑にはならない。まあ、早くきちんと病院に入院して投薬してほしかったからちょうどいいけど。

ただ、自分の白いきれいな肌に傷がついてしまった。これは何としても責任を取ってもらわないと。

そんなことを考えていると、妙に空腹だなと思った。今朝の朝食も焼いていない食パンだったので食べずに返した。バサバサで食べられたものじゃない。仁志が商店街のおいしいパン屋で好みのパンを買ってきてくれることが、毎日の楽しみだった。

本当に気の利いた男だ。初めは背徳の気持ちが強くて本気出してこなかったが、最近は颯真のおかげでやっとエンジンがかかってきたようだ。

だが、この体ではしばらく何もできそうにない。仁志は大阪の社宅に荷物を移して今のマンションを引き払ったあとはしばらく一緒に暮らすので、そのうち自分が痛みを堪《こら》えれば、体を合わせることくらいできるだろう。

ただ、この傷も含めて自分を愛してくれるのか心配になる。仁志は真面目すぎる性格なので、この事件で別れようと言い出さないかととても悩ましい。

せっかくのクリスマスモードも颯真のおかげで台無しだった。

《血のクリスマスなんて黒歴史は、私に似合わない》

昨日仁志が持ってきてくれたクロワッサン・ドーナツを食べながら、結華は一人つぶやいた。

スマホで見る配信のテレビドラマはどれもつまらなかった。一月から始まったものは初回からくだらない。現実のほうがもっとスリリングだ。まさかこの私が刺されるとは、とんだ誤算だ。それが悔しくて、いつの間にか奥歯を噛《か》みしめた。


あのリサイクル・ポピンズにあった鏡に映る自分の白いコートの姿。

あれは自分の姿だったのだ。あの日は薄いピンクのコートだったたし、夜で光が足らなくて白に見えたのかと思ったら、そうじゃなかった。後ろ姿なので自分じゃない他の客だと思い店内を見たら、他にはしょぼい主婦が一人、離れたところにいただけだった。まさか、本当にあの情景が現実になるとは思いもしなかった。

それでも自分に何か特殊な能力があるとは思っていなかった。もしかしたら、あの鏡は未来が見えるのでは？　そう思うようになったのは、この事件があったからだった。

病院にいる間にあの鏡を配達してもらった。旅行でいないから、お金はあとで払いますと嘘をついた。事情を話して管理会社の人に鍵を開けてもらい、立ち会いのもとで玄関に置いてもらった。

もちろん、何も気が付かない凡庸な仁志には内緒で。もしも本当に未来のヒントがそこにあるのならば利用しない手はない。

愛されない子供だった自分は、こんなふうにひねくれてしまったけれど、それはひとえに母が、同居する夫の両親、母からすれば義理の父母に気を遣い振り回されてきたことが原因だった。母のストレスは、娘の体の見えないところを殴ったり、つねったりするという形で表れていた。

そんな母親の顔色ばかり見ていたせいで、いつしか自分が何でもきちんとできる表の顔と、甘えたいのに甘えることのできなかった過去に起因する裏の顔に分裂していることを、母のいない時に何となく気が付き始めていた。

それを男の前で発揮するとその効果は絶大だったが、すべての男がそれで靡《なび》くとは限らない。

女子の前でそれをやると、途端に仲間外れにされる。でも大学生活もあと少し、就職すればそれまで。あんな効率の悪い女たちとは一緒にいられない。純粋な心や努力など何の役にも立たない。

二流の出版社なんて、いつまでもいるつもりはない。狙うは玉の輿《こし》、ただ一つ。今の生活水準を落としてまで結婚なんかするはずもないし、下手な男と結婚したために、ママチャリでパートして子供を育てるなんてあり得ないので、仁志と結婚しても先が見えていた。いつか手に入れる。金持ちで優しい旦那様と、かわいい子供だけの幸せな生活を。

結華は、自分に与えられなかった穏やかな毎日を自分で探しに行くために、シルバーの鏡を利用することにしたのだった。

そろそろリハビリの時間だ。火箸で刺したような焼ける痛みはあの時だけ。痛み止めのおかげで今はもう腰にも力が入るようになった。歩行器に掴《つか》まって窓の下を見た。中庭を散歩する患者や見舞い客のことが少しだけ羨ましく思えた。

仁志が通販サイトで購入してくれたかわいいパジャマに着替えた。下着は恥ずかしいので自分で洗濯して干していた。あまり何でも仁志に頼りきりも悪いという気持ちもあった。

今までの差し入れの分も含めて精算をしようと思うが、仁志にお金を渡しても受け取ってくれるかどうか。男はそこで見栄を張るかもしれない。この指輪だって結構な金額だったはずだ。

颯真にもらったプレゼントは、みんなネットで売り飛ばした。お金が欲しいわけじゃない。仁志が見たら気分のいいものじゃないと思ったから、初めて部屋に入れたあとで処理した。

二年の間に颯真はあまり部屋には来なかった。外のホテルで食事して、そのまま泊まるのが普通だったし。それはおやじの家族カードなんだろうが、常にキャッシュレスだった。本当に不自由のない二年間だった。

今日は十五日、お正月も今日で終わりか。初詣にも行けなかった。早く自分のマンションで、仁志とマリンの三人で湯豆腐でも食べたいなと結華は妄想した。パジャマをまくって大きな絆創膏《ばんそうこう》をそっとはがす。赤黒い傷痕に縫合の穴が見える。

くそ、なんてことしやがった。こんな気持ちの悪い傷のある体を誰が抱いてくれるというのか。新しい男が逃げるに決まっている。

退院する時は形成外科を紹介してもらって、きれいに治さないといけないなと思い、スマホに手を伸ばした。

「本宮さん、リハビリ行きましょうか」

「はーい。タオル出しますから、少し待ってください」

三十歳代だろうか、厳しい感じの看護師が、ノックもせずにドアを開けた。まったく失礼な職員だ。こんな病院、早く退院するのだと強く思う。明日、仁志が来たら、何とかして転院できないものか相談したいと思いながら、スマホをロッカーにしまい、鍵をかけた。

もううんざり。なんだって友だち同士で同じ女を取り合う？　そこ、かぶってこなくていいから。引きこもり状態が治るまで待っていてと颯真に言ったのに、よりによって後をつけてナイフで刺すなんてどういうこと？

だけど、私のことをそこまで好きだってことと、あの経済力は捨てがたい。仁志は経済的に頼りないし、肝心な時に決断力がなさそうだ。

真面目で優しいだけが取り柄の仁志とは、大阪に行ってもしばらくは付き合うとしよう。それには何とかして治すことが第一だから、真面目にリハビリに励むつもりだ。

そう思って歩き出した時、皮膚の表面がくっついてもその内側はまだ癒えていないのだろうか、痛みに顔を歪《ゆが》めた。

これくらいなんだ、子供の頃、母親に脇腹をつねり上げられ、成績が良くないからとキッチンの椅子で殴られたことから比べれば、こんなもの大したことはない。

私が手に入れたいのは、使っても余りあるお金と、スペックの高い男との自由で充実した時間を享受すること。目的のためなら手段なんか選ばない。

結華の心の声は誰にも聞こえないが、その怒りとともにどんどん強く高く大きく膨れ上がり、貪欲なまでに高みへと上り詰めようとする気持ちは抑えられなくなっていた。

末永は日曜日には、楽建ワークスの仕事で営業に出ていることにして、裏ではリサイクル・ポピンズの仕事に朝から営業車で出かけていた。

ある時、石塚に、日曜日には妻も家にいるので自分がいるとどうやら落ち着かない様子で、イライラするのが分かっているので家にはいないようにしていると言うと、それなら良いバイトがある、と誘ってもらったのが始まりだった。多重債務者の夜逃げの後始末をすること、それがバイトの中身だった。

いかにも怪しい強面《こわもて》の男性二人が、古いアパートの部屋の前に立っている。あまりの鋭い眼光に、末永は下を向いて石塚の後ろでマスクをしてついて行った。それに、どこで楽建ワークスの下請けや客に会うかもしれないというリスクもあったからだ。

そのうちワークスを辞めるつもりで、先日タクシー会社の面接を受けた。だが採用されなかったら職を失う、それだけは回避しなければならない。今はその大手タクシー会社の採用の返答待ちだった。もうあの営業の仕事は自分には向いていないから精神が限界を迎えている、辞めたいという気持ちを石塚に吐露すると、介護タクシーの運転手を探している会社があると教えられたのだった。今は藁《わら》をも掴む気持ちでいた。

石塚から軍手を渡されると、鍵の開いた部屋に靴を脱いで入った。

金になるようなものは見当たらない。ゴミかカビの臭いがひどかった。２ＬＤＫの間取りで、子供の机には教科書が残されていた。末永は胸が痛んだ。この部屋で営まれていた生活がそのまま残されていた。末永の見たことのある光景、それは自分たちの家族の営みと同じ情景なのである。

「おい、金めのものが出るとは思わないけど、かたっぱしから全部開けてくれ」

背の高いほうの男が自分たちに向かって乱暴に言い放ったが、彼はあまりのひどい臭いにすぐに外へ出た。もう一人の若い二十代くらいの男がドアの近くで座り込んでこちらを見ている。

「早くしてくれ、次もあるからな」

三十分ほどでしびれを切らして、外から背の高いほうのお兄さんが声を上げた。

「よろしければ、車の中で待機してもらってもいいですよ。ネコババなんてしませんし」

石塚ののんびりした返事に舌打ちした若いほうが、

「さっさとやれよ」

言い捨てて、黒い高級外国車の中に消えていった。

「見られていると集中できませんね。そう思いませんか」

石塚は大きく肩を回すと本気になり、押し入れの戸を外して咳《せき》をした。

「そうですね、怖い人たちですから」

「闇金の回収ですからね、銀行員とは違いますよ。実際は、やること同じですが」

「そうか、そうですね。同じ、ですね」

石塚はわずかな隙間にも何かないか、細い腕を差し込んでいた。埃以外何もなく、押し入れの襖《ふすま》を外して壁に立てかけると、布団なども全部放り出した。そのままトラックに積んで大型ゴミに持ち込むから、乱雑にはしない。

「その箪笥一棹《ひとさお》で、あとは食器棚。家電はうちで売ります。食器は段ボールに入れてください、捨てますから。引き出しにブツがないか注意して」

「いやあ、お金なんて出ませんよ。すべて持って行ったでしょう」

「だと思うけど、念のために、ね。お兄さんたちが外で待っていますからね」

末永に指示すると、石塚は猛然と布団の間に手を入れて脚で蹴った。

「あとは引き出し……」

こんな仕事はもう慣れていた。石塚の勘は正しく、金になりそうなものを短時間で当てていく。それでも微々たるものだ。あの二人に殺されるくらいならと、何も持たずに逃げたと見えるが、こういう場合、わずかな金額の入った通帳や印鑑を残していくときもある。

「出ました、これは？」

末永は食器棚の引き出しの奥から、透明なジップ付きの袋に入った印鑑と通帳三冊を見つけた。そのまま石塚に渡すと、彼は中身を見ることなくマーケットのレジ籠に放り込んだ。出てきたブツを入れるためのケースだ。そう、見てはいけない。車の中にいるお兄さんの物だからだ。

こういったものは普通の人間には意味をなさないが、今は架空通帳が作れない時代なので、こういうものでも金に換えられる。

二時間ほどでタンスや引き出しのほとんどは開けられて、それ以外に何も出てこないと思われた時、小さな仏壇の引き出しから三万円の入ったお年玉袋が出てきた。正月のお年玉にしては大きな金額だった。

男の子がいたのだろうか、人気もののキャラクターの描かれた小さな袋に入った万札は、この家の中で営まれていた生活の香りがした。

そんな普通の暮らしの毎日は、無残にも逃避行にと舵《かじ》が切られた。どんな気持ちでこの部屋から出て行ったのだろうか。生きるということはこれほどに過酷なことだと末永は思い知った。自分が味わったあの時の虚無感や絶望と比べると少し何かが違う気がしたが、この住人にしてみれば、これもまた地獄の一端なのだと思えた。

金の入ったこの袋も、先ほどのレジ籠に放り込んだ。

石塚はお兄さんの車に小走りで近寄った。お兄さんたちはレジ籠の中身を取り出した。

「あとは?」

「特に何も」

小さく舌打ちをする、サングラスをもてあそぶ男。

「じゃあ、家財。あとで金額メールな。いくらにもならんやろう。いつもの口座に振り込むから。ご苦労さん、あとは頼んだから、公共料金とか止めたりしてくれる? 管理会社に話を通しておくから」

「はい、分かりました」

黒い車は低い爆音を立てて走り去った。

末永は一人でこれらをトラックに積めるだろうかとしばらく呆然と座り込んだ。雑然とした部屋の中は震災の後を思い起こす。直視できずに窓の外を見た。冬枯れの大きな樹木が目に入った。桜の木だろうか。毎年花見ができたいい部屋だったのに。

そういえば震災の前年には、苗村とラーメンの食べ歩きをしていたか。ラーメン屋の行列の中で満開の桜が咲く公園を京都で見た。あの時の苗村の笑顔が胸に蘇《よみがえ》った。なんだって今頃、苗村の顔が浮かぶのだろう。

この仕事が終われば、またワークスの営業に行かなければならない。先週の問題の夫婦から、屋根瓦が敷地に落ちたと携帯に文句の電話がかかっていた。職人にはあれほど注意しろと言ったのに。

「また俺が謝りに行かねばならないじゃないか」

口をついて出た。

「何を謝りに行くの？」

石塚が不思議な顔をして聞いた。

「あ、すみません。リフォーム工事で近隣から文句が」

「大変だね、さっさとそんな会社辞めてタクシー乗ったら？」

石塚はお茶のボトルを渡しながらそう言った。実は営業よりもタクシーのほうがいいよと給料を計算して勧めてくれたのは石塚だった。このバイトは時々続けるのが条件だったが。

「ですよね。まだ面接の結果が連絡ないから。だめだったのかな。ついてないな、もう。職人が喧《やかま》しい面倒な家のほうに瓦を落とすから、思わず口に出ました。すみません」

まだ水道が止まっていないので二人で手を洗った。末永がトイレに入ると、漢字の表と九九のポスターが貼ってあった。自分の息子にもそんな時代があったと思うと涙が出そうになる。

トイレから出ると、男子学生バイトが五人ほど部屋に入ってトラックに荷物を積み込んでいた。子供の教科書もすべて処分される。食器が入った段ボールが音をたてて積み込まれた。別のトラックには家電を積み込んだ。行き先が違うからだ。ポピンズに持ち込んできれいに掃除して、また誰かが買ってくれるのを待つ。それでも売れない時は海外に持っていかれるか、金属専門の業者に流されるのだ。

石塚と一緒にお茶を飲んでいる間にバイトの学生が荷物を運び終えて、これで仕事の半分ほどが終わった。そのあとを箒《ほうき》で掃除しながら半日が過ぎた。少しばかりの感傷的な気持ちと空腹。今日は家に帰っても妻の佳恵がいるから、戻れない。

「末永さん、ウチくる？」

お見通しのように石塚は尋ねた。

「クレームの処理をしたら、戻ってきて家電の点検手伝いますよ」

「古着でよかったらあげるよ。着替えたら？　そのままじゃ行けそうもないよ、埃だらけだから」

「すみません、いつも」

「いいんだ。奥さんも疲れているだろうから、のんびりさせてあげなよ。洗濯とかさせるとまたご機嫌わるくなるからなあ」

なぜ石塚はこんなにもみんなに優しいのだろう。見た目は細くて眼窩《がんか》がくぼんで病的に見えるのに、人を包み込むように悩みや苦しみを回避するような会話をさりげなく投げかけてくる。

倉庫兼店舗の二階に住居があるようだが、家族の話は全くしないし、生活感が一切ない。歳は五十歳だよと言われたが、それも本当かどうか。かといって詐欺師のような腹黒い感じでもない。あんな怖いお兄さん相手にも一切ひるまないうえに媚《こ》びたりもしない。黒い歴史があったかのように胆が据わっていた。

「うん？　どうした？」

「いいえ、タクシーの会社のほうが今よりいいかな、給料の面で」

末永は心にもないことを言った。あなたのことを考えていましたなんて言えない。

「そうね〜。末永ちゃんは真面目だから、地味に毎日同じことの繰り返しのほうが向いているよ。営業とかは気を遣うけどまた意味が違うし。給料は固定給プラス歩合だけど、今はタクシーも介護のほうが確実にお金になるらしいね」

「そうなんですか……。実は慎吾がね、頭があまりよくないから私立の大学に進学することになり、まとまったお金がないと」

末永は自分が私立の学生だった時とは学費の高さが違うこともあり、覚悟をしていた。奨学金という手もあったが、あとで返す時が大変だと佳恵が嘆いていた。

「奨学金はやめなよ。あれはあとで息子さんが就職した時に給料がなくなるっていうよ」

まただ、頭の中を読まれているようだ。末永はドキッとして石塚のほうを向いた。

「らしいですね。銀行の学資ローンは？」

「さあ。銀行から借金したことないから。知り合いの銀行のやつに聞いてみる？」

「もしも平日に来ることがあれば、パンフレットをもらってくれませんか？」

「でもさ、今どき銀行のホームページとかいうのに書いてあるんじゃないの？」

石塚は笑って言った。

「あ、そうか。でも、うちはパソコンがない。息子のだからね。でも嫁さんはもう調べてるかな」

「うん、当然知っているはず。だから二つもパートして頑張ってきたのだろうね。今頃そんなこと言ったら怒られて、また炎上するよ」

ふふふと小声で笑った。

「そうですよね、営業成績が低いことばかりに気がいって、家庭のことは何もかも嫁さんに任せっきりで」

路地は狭くなって見慣れた風景になってきた。パン屋の角を曲がると、その奥にポピンズはあった。店の手前にガレージがあって、右側には店の入り口がある。

「男は仕事のことで頭がいっぱい、家庭は奥さんがやってくれると思っていたら最近はだめ。熟年離婚されるよ。今頃はパートの仲間に不倫相手がたくさんいるっていうよ、大丈夫？」

すべてお見通しなのかもしれない、佳恵は四歳年下で女ざかり。ずいぶん冷え切ってしまい、寝室も別だった。息子が高校生だからそれで普通だと思っていたが、二つ目の会社で知り合い結婚した時は、お互い生きていくのに必死だった。孤独な魂が重なった時に強い結びつきを見つけた、そんな二人だった。愛とか恋とかじゃなくて、人間同士何もない者同士が一緒になったのかもしれない。

佳恵は震災で母と妹を亡くしていた。強靭《きょうじん》な魂の持ち主で、命を燃やすような怒りを心の底に封じ込めていた。父親も二年前に癌《がん》で亡くした。優しくしてやろうと思うが、気の強いところがあり、機敏で頭の回転も速く、いつもバカにされていると思うと男性機能がダメになってしまった。本当の意味で役に立たない旦那だった。

「不倫ですか、それもあるかも。俺といても楽しそうじゃない、まだ四十ちょっと、女としてこれから。自由にしてやりたいです」

「おいおい、なんだよ」

車の荷台を箒で掃除し終わったところで石塚は笑った。

「いいんです、俺なんか生きている資格なんてないんだから」

末永はトラックの荷台から飛び降りると、石塚の後から裏口をくぐった。バイトの店番が「お疲れさまです」と声をかけた。

「末永ちゃん、今日のバイト代はあとでもいい？　あの部屋臭かったから早く着替えようか。行かないと、早く、本業。その前に軽く何か食べないとだめだよ」

衣類のコーナーにある紙袋を提げて出てきた。

「ねえ、弁当届いてる？」

石塚はバイトの子に尋ねた。なんでこんなに気が利くのだろうか。自分なんかいつもあとから気が付くので佳恵に嫌われるのだと改めて思った。

洗面に行き二人で手を洗うと、

「俺も、一人。震災で全部失《な》くした。この倉庫だけが残って何とか一人で生きてきた。両親はここで洋服作っていた。家族っていいな。奥さん大事にしなよ」

もはや、驚きさえ感じない。この人には何も隠せない。

石塚と二人並んでほか弁を食べた。時間がないので食べながら紙袋の中から適当な服を出した。鏡の前で着替えさせてもらったが、リサイクルの洋服で十分だった。白っぽいポロシャツとベージュのチノパン。グレーのベストも出てきた。

むしろ先ほどの作業着よりも清潔でよく見えた。これで謝罪に行けそうだ。仕事の後の飯はうまい。石塚は笑っていた。別の袋からナイロンのジャンバーを引っ張り出した。

「あ、謝罪の粗品は上等のバスタオルがそこら辺にあった。百貨店の袋があったと思う。バイトの子に熨斗《のし》かけてもらいなよ。これが今のところの最後の仕事かも」

「はい、ありがとうございます。この服もバスタオルも弁当も、今日のバイト代から天引きしてください」

「何だよ、やだねえ、やめてや。水くさいよ。こんな仕事、誰も引き受けてくれないよ。末永ちゃんが頼りだ」

涙が出そうになった。

――こんな俺を必要としてくれている。ありがたい。人の情はあの頃から変わっていない。こんな、俺を……。心の中で叫んでいる。

スマホが鳴った、例の何かとうるさいあの地区の住人に携帯番号を書かされたからだ。

『ねえ、一体どうしてくれるのよ。あれだけ注意して迷惑かけないようにやりなさいって……』

『すみません、今からお詫《わ》びに行くところです。今、職人のほうに確認を取ったところです』

『お詫びになんか来なくていいから、職人くらいきちんとしつけておきなさいよ』

あの目つきの悪い蛇のような奥さんからの直接の抗議だった。圧が強い。

『今、向かっています。お詫びに……』

ツーツーツー……。

「かなり手ごわいね。あの地区はセレブが多いから高圧的だ」

これはこれはという顔をして、石塚は末永のお弁当を取り上げた。

「早く行きなよ、弁当は取っておくよ」

ガムを一個末永に渡すと、自分もお茶を飲んで追い立てるように立ち上がった。

「とりあえず、頭下げる。このバスタオル、ブランドものだから。玄関に置いてきな」

「行ってきます。あの、タクシーの運転手採用の通知がメールで来ていました」

「そう、じゃあ、なおさら急いで。今の会社に辞表も出しな」

末永は、車に貼った白いガムテープをはがしてネームを撫でた。これも最後か。あの奥さん、怒りまくっているんだろうな。家に傷がついていないといいなと思いながら、スターターボタンを押してシートベルトをした。

石塚はやれやれという感じでレジの奥に入ると、バイトの子に言った。

「この弁当はおいしくない、どこで買った？　いくらだった？　次から違う店にしてな。悪いけどこれ捨てて。犬も避けて通りそうや。いつもの中華屋さんで俺の名前を出してテイクアウトしてきてくれるかな。頼むわ、ビールも買ってきてくれないかな。末永ちゃんの再就職のお祝いをしてあげないと」

食べ物がなくて、何日も何も口にせずに焼け野原を彷徨《さまよ》っていた時のことを思い出していたら、こんなことを言えるはずもない。しかし、もう思い出す必要なんかないのだ。深く刻まれて常に頭と心のうちから湧き上がるが、すべてをのみ込んで、今日まで生きてきた。

「すんません、商店街の空き地に出来た弁当屋だったんですけど。いまいちでしたか？」

「そうか、すまん。ごめんやで。油っぽいねん、おじさんたちには」

「確かに唐揚げは少し揚げすぎで味が濃いなとは思いました」

「ほんまにごめんな。行かせておいて文句言うて」

「いえいえ、開店したばかりで、安くてボリュームがあったからいいかなと……」

「いつもの味がいいのかもしれんなぁ」

小さくつぶやいて、石塚は右手の端にあるブロンズの縁の鏡を見た。

そこには末永が蛇女に睨《にら》まれて指をさされているところが映っていた。まるでメデューサの前にいて化石になりそうな男の姿。それは二週間ほど前に工事の挨拶に行った時、勧誘の業者だと思われて追い出されている場面なのか、今、起こっている場面なのかは分からない。

石塚は先ほど横を向けて置かれていた鏡の前で末永が古着に着替えていた時に、鏡が彼の過去をリピートすることが何となく分かっていた。見える者には見える、見えない者にとっては普通の鏡を装う禍々《まがまが》しい鏡は、何度となく売り手がつき、しばらくは店からなくなるが、なぜだかまた石塚の元に帰ってくる。まるで仕事を終えてこの店に帰着するかのように。

そこで悲惨な過去や未来を映し出したばかりに、持ち主が手放すのか、もしくは持ち主がいなくなってしまうのかは分からないのだが……。

鏡は巡り巡って必ずポピンズに帰ってくる。

そういえば、銀色の鏡はあの女の子が気に入って買ってくれた。久我君の彼女だった。末永のところにいた子猫も部屋にはいなかったし、彼女もしばらく帰っていない様子だった。まさか、もうすでにあの鏡が彼らの運命を映し出してしまったのだろうか。まさかな、久我君は鏡のことに何も気が付いていない様子だった。

愚鈍そうな彼女。もしかしたら彼女はとんでもない食わせ者なのか？　石塚はフッと笑った。もうすでに鏡の中に何かを見つけたのだろうかと想像をしてしまう。もしかしたら未来や過去を見てしまったのだろうか。

「店長、帰りました。何、笑ってんすか？」

「いや、別に何もないよ。買ってきてくれた？　末永ちゃんは先ほどの弁当ほとんど食べていないから、戻ってきたらすぐに食べさせてやりたいんだ。クレーム処理に飛び出してしまったから」

「これでいいですかねえ。店の親父さんが一個五百円でいいからって言っていましたけど」

「ああ、メールしておいたんよね。あのおじさんとは麻雀《マージャン》仲間だから」

茶髪のバイトは弁当の入った透明なナイロン袋を差し出した。

もう一度鏡を見ると、もうそこには前にある下駄箱と傘立てが映っているだけだった。

石塚の携帯には久我仁志から猫のトイレ用の砂と、餌が入り用だとメールが来ていた。おいおい、勘弁してくれよ、これでは何でも屋のようだ。しかし、憎めないあの学生のことが気にかかってしまう。

店内に在庫がないか、もう一人の金髪に近い茶髪のバイトに探させた。幸い、二つとも揃っていたが、彼のマンションまで行く時間はない。今いるバイトに配達に行かせることにした。

来週引っ越しがあるので特別サービスだ。本来こんなことはしないとメールに書き込んだ。彼も彼女のために懸命なのだろうが、そんなこと関係ない。今週電話があった時も声が沈んでいた。いつものように明るく弾んだ声ではなかった。

回収してきた家電を降ろすように言って、ピアスのバイトと外へ出た。こいつは野球部だったので体力がある。自分にもこんな若い頃があった。

一月はあの時を思い出す。石塚にもつらい過去があった。

心が壊れた時を忘れることはできないものだ。

いつでもあの光景が目に浮かぶ。

この小さいクレーンを見上げるピアスの若者は、そんなことを何も知らない。いつも同じバイト仲間と笑っている。だが、この世の終わりのようなあの時を知らなくていい。この工場が骨組みだけになり、その下に焼け焦げた残骸を見た時の絶望なんて。お願いだから、あんな思いをすることなく歳を重ねて、きれいな思い出だけ抱いて死んでほしいと思うのは自分だけだろうか……。

女に巣喰う闇

末永の妻、佳恵は慎吾の模試の結果を見てため息をついていた。狭いキッチンの椅子に座り途方にくれていた。息子の成績は決して良いものではなく、公立の大学の志望校はE判定ばかりだった。今更もうどうすることもできない。センターの結果は芳しくなかったようだ。

私立大学へは行くためのお金が家にはないとは言えない。家中の預金をはたけば何とかなる。生命保険のファンドに手をつければ、下宿の仕送りも微々たるものだが何とかなるはずだった。

ここで騒ぐと良くないことくらい分かっていた。だが浪人だけは避けたい。しかし慎吾はどうしても大阪と兵庫の三校のどこかへしか行かないと言う。佳恵は滑り止めに京都の私立大学をと言ったが、下宿するお金なんかないだろうと言い捨てられた。しかし、願書は出しておいたので、もしかしたら合格するかもしれない。

家計は常に火の車だ、そんなことは分かり切っていた。学生の息子にだけはそんな気配を見せないようにとパートを二つ掛け持ちしたが、息子は金銭的に余裕がないことは察していた。何とか塾の代金は払えるが、それも三流の塾だから成績が上がらなかったのだ。

夫の旭は営業に行くと言って日曜も朝早くから出かけたが、連絡一つない。給与は手取りで二十万程度、マイホームも手に入らず、こんな賃貸に死ぬまで住み続けるのか。

「出会わなければよかった」

思わず口をついてしまったことは一度だけではない。本当は優しくておとなしく、真面目だけが取り柄の人で悪い男ではない。でもそれだけでは生活力は乏しく、男としての魅力にも欠けるというか、完全に物足りない。

初めて末永と出会った場所は同じ職場だった。

佳恵は学習塾の受付にいた。中途採用の正社員にしては頼りなく、年齢よりもおとなしい感じの男性が末永だった。もともと本社の人は各教室に一人だけなので必然的に会話は増える。あとはバイトの学生や若い女ばかりで、すぐに辞めて入れ替わりが激しかった。

佳恵は二十四歳、末永旭は四歳年上だった。その年の年末に二人だけで忘年会をした時に飲みすぎて、気が付いたらホテルにいた。まあいいかと思ったのが間違いの始まりだった。

佳恵に何となく焦りがあったのは間違いない。男性との出会いが少なく、奥手な佳恵にも隙があった。他に男性と知り合うきっかけはなかった。同窓会も事情があって行かなかったし、出会いはどこにもなかった。結婚するきっかけなどはない、ただ何となくお互いに好意を持っていたことを再認識して付き合ううちに、一緒に暮らし始めた。

ただ、結婚してから分かったことだが、末永は仕事が続かない男だった。メンタルが弱く人間関係で少しでも嫌なことがあると、どんどん不安が大きく膨れ上がり、仕事を長く続けることができなかった。案の定、出会った塾で転職は二社目だという。

塾でも面談などで保護者に強く言われると萎縮してしまう。言い返せないから生徒にもなめられてしまう、必然的に成績が上がらない。不合格になると猛然と保護者が文句を言いに来るのは当たり前のことだから、毎年それを繰り返せば、辞めたくもなるだろう。

男らしさに欠ける面があった。仕事ができそうに見えたのは初めだけだった。すべてが後出しじゃんけんのように思うことが多くなった。

「騙された」

離婚しようと思ったが、佳恵の母親はもうこの世にいなかった。父は病院にずっと入院していて帰る実家もない。この人と一緒に暮らしていけるかなと思いながら、お腹には慎吾を宿していた。人生をやり直すこともできずに結婚して三年目に慎吾が産まれて、父が亡くなった。佳恵は肉親を失い、自分の子供だけが一筋の希望であり、生きる理由だった。

それから、ただ脇目も振らずに小さな家庭を守ることに必死になってきた、佳恵はおしゃれや贅沢《ぜいたく》など見ないようにして生きてきた。そんなお金があるなら息子のために使う。そして慎吾が大学生になれば離婚したいと思う気持ちが大きくなった。末永に養育費など払えるはずもない。

今、佳恵はとんかつ屋によく来る客が自分にご執心なのを察知していた。佳恵は今まで自分の容姿がよいなどと思っていなかったが、最近、男性の視線を感じることが多くなったと気が付いた。生活に追われて自分に構うことなくパートをしてきたが、少しばかり男性に話しかけられると嬉しくもあり、不倫という言葉にも悪い響きを感じなくなった。

乗り心地の悪い車から、少し中古のいい車に乗り換えるみたいな感じ。そう、それも悪くないと思うようになった。コンビニの安い化粧品を、毎月パートの給料が入れば一個ずつ買うと決めていた。美容院は半年に一度しか行けなかったが、今は三か月に一度行き始めるようになり、自分の顔を鏡で見ることが嬉しく思えた。若くして亡くなった母親に少し似ているのかと思えた。

「私、こんな顔だったんだ」

同じ歳の頃に見える背筋の伸びたすきっとした男性客はバツイチらしいが、小さい会社を経営していて、何かと話しかけてくる。今度また新しい飲食店を開業するので、そこでオープニングスタッフとして働かないかと誘われていた。末永を捨てるなら今しかない。まだ四十過ぎ、人生百年だと言うではないか。これから折り返しだなと思い始めた。

あと倍以上、あのうだつの上がらない夫と未来のない生活を続けていくのは正直しんどかった。ただの同居人、それも金銭的に頼りない男。お金のない生活に疲れたと言うべきだろうか。末永を切り捨てるのはかわいそうだという気持ちに蓋をした。

人生をやり直したい、リセットしたかった。佳恵は洗濯物を畳みながら大きくため息をついた。何度もこう思ったが、一人息子のために一日一食でも耐えた。

「もうこんなの嫌だ。あの時、地震で私もお母さんと一緒に死んだら良かったのに……」

同じ被災者同士、温かい家庭を築いていこうと誓ったのに、なぜこうなったのか。

夕焼けがベランダの窓から見えた。小さいながらも庭付きのわが家に思い切り布団を干して、年に一度の旅行や毎月の外食。窓から聞こえる笑い声などどこを探してもない。そんなことすら自分には無理だというのか。息子の大学すら諦めろと私に言わせるのか。

怒りを通り越して、諦めと失望しかなかった。知らないうちに辺りは真っ黒な闇が包んでいた。このまま末永が帰ってこなければどうなるだろうか。二十万の給料の代わりに生命保険が二千万入ってくる。バツイチのあの男性と再婚できたら、生活の安定と満たされる心と体の両方が手に入るのに。

佳恵の心にどんどん深い闇が入り込んできた。もうすぐ塾から慎吾が帰ってくる。立ち上がりカレーの鍋を温める。角切りの牛肉がゴロゴロ入っていればもっとおいしいのにと、悲しくて涙が落ちた。もちろん肉なんて入っていない。パートでもらったとんかつを冷凍庫から取り出して温めるに決まっている、いつもそうだ。安物のカツカレーの出来上がり。もう嫌だ、こんなしみったれた生活をいつまで続ければいいのと叫びだしたかった。

最強の女友だち

平行棒での歩行訓練のリハビリを終えた結華は、汗をかいたパジャマを着替えようと、安物のロッカーを開けて仁志が洗濯してくれた黄色のパジャマを出した。いい匂いがする。柔軟剤を控えめに使ってくれた。そんな優しささえ温かい気持ちにさせてくれる。

指輪は安物でもサイズが違っても、中指にフィットした。颯真に比べると地味だが仁志らしくて居心地がいい。

病院の昼食の時間は正午と決まっているので、病室の中の応接セットの上に置かれていた。今日もおいしそうじゃない、こんなおばあさんの食べるような煮魚やお総菜なんて見飽きた。結華はげんなりしてトレイをそのままにして、痛む左脇を押さえて売店に行くことにした。個室だから時間になれば看護師が運んでくれるし、食べても食べなくても下げてくれるのだ。スマホと財布を持って廊下を行こうとしたら、そこにはなんと颯真の姿があった。

驚きと強い恐怖が結華を襲った。体が硬直して、廊下の壁を伝い逃げようとした。

「誰か！」

声を出そうとしたが誰もいない。個室のフロアには大部屋のように患者もナースも多くない。恐怖のあまりに後ずさりをしたが、颯真はどんどん近寄ってきた。

その後ろには知らないスーツの男性が見えた。その男性が颯真の腕をとっさに握った。

結華はほっとした。脇の下に冷たい汗が一筋流れた。

襟のバッジはドラマでよく見る弁護士のあれだろうか。四十代くらいで黒いスーツに革のバッグを手にしていた。髪をきちんと整え銀縁の眼鏡を光らせて結華の前に進み出た。

「すみません、驚かせて。本宮結華さんですか？」

「ええ、そうですが、あなたは？」

颯真を後ろに行かせて男性は前に進み出た。スーツの内ポケットから名刺入れを出した。

「あの、ここではなんですから。部屋に入れてもらえませんか」

結華は弁護士が一緒ならば部屋のほうがいいかと考えた。こんな廊下にいるのも嫌だし、誰かに聞かれることも不愉快だった。

「ええ、あなただけなら入ってください。彼は嫌だから、分かるでしょう？」

颯真を病室に入れたくなかった。弁護士の後ろで俯いていた。付き合っていた頃の颯爽《さっそう》とした感じは全くなくて、さえない痩せた男にしか見えなかった。

「はい、分かります。でも彼を一人にはできません。保護観察中なので」

困った顔をしていた。

「でもならば、なぜ彼に外出なんかさせるのですか？」

「どうしてもあなたに謝罪したいと」

「そんなものいらないわ。じゃあ、この傷見てもそう言えるかしら？」

結華はパジャマに手をかけた。

弁護士は顔をひきつらせた。

「ご両親には謝罪をさせていただきましたが、彼がどうしてもあなたに逢《あ》って謝罪したいと」

じゃあ、そこの待合室にしましょうと、弁護士はジュースの自販機の前を指さした。

颯真は結華を見ていたが、その瞳には何が映っているかは分からなかった。

「ごめんなさい、結華許して」

突然泣き出した颯真は、小さい子供のようだった。

「なんであんなことをしたの？　私は彼、仁志さんとはあなたの友人として相談にのってもらっているだけなのよ。こんなところで泣かないで、恥ずかしいわ。泣きたいのは私よ。こんな傷を……下手したら死んでいたかもしれないのに」

「ごめん、お金で許してもらえるとは思わないけど、ご両親にはお渡ししてあるんだ。本当に許して。仁志にとられるのが嫌だったんだ、それだけなんだ」

結華は苛立ちながら椅子に座った。リハビリの後で空腹だったので余計に苛立った。

渡された名刺にある『樺島邦浩』、それが弁護士の名前だった。そんなことどうでもいい、親にいくら示談金を支払ったのだろう。親は何も言わない。

「お金って？」

「聞いていないのですか」

「知っていたら聞かないですけれども。示談が成立したからって、彼がこうして外に出るのはどうかと思いますよ。当事者の私が何も知らないのに」

「お怒りはごもっともです。最近は病院で投薬をして外出もできるようになりましたし、私がついて行くということで。五千万円で何とか……」

樺島は焦っていた。ハンカチをポケットから取り出したから分かる。

「颯真、あなたのしたことは取り返しがつかないのよ。分かるわね。もう私はあなたの元には戻れないわ。あんなことさえしなければ。もっと早く治療して立ち直ってくれれば、私たち一緒になれたかもしれないのに」

結華は涙ぐんで見せた、当然、演技だ。

「ごめん、一生かかっても償うよ。だから怖がらないで。僕が悪かった。許してくれないか」

「じゃあ、この姿を見れば！」

結華はパジャマをまくり、ガーゼをはがした。

きれいな白い肌に無残にもついた不自然な赤い傷に、男二人が目をそらした。

「きちんと見なさいよ。さあ、もう一度言える？　弁護士さん、五千万円なんかで親も許したから私が許すとでも？　こんな体で結婚なんかできないわ。どうするのよ！」

語気は荒かったが、低い声で結華は一気に言ってのけた。それだけの意思があった。

「帰りましょう。颯真さん、気が済んだでしょう」

弁護士は結華に「すみませんでした、お大事に」と言うと、うなだれる颯真の背中を抱いて立ち去ろうとした。

その手を払い、颯真は座ったままの結華に急に近寄り抱きしめた。

「ごめん、本当にそんなつもりじゃなかった。許して」

「やめてよ、だったら離して！　触らないで」

弁護士が慌てて何度も頭を下げて颯真を引き離して、逃げるように廊下を駆け出した。

看護師が遠くで様子を見ていたからだ。

「何かありましたか？　大丈夫ですか？」

若い看護師が駆け寄って、結華を病室まで運んでくれた。結華よりもちょっと年齢が上に見える看護師だった。ポケットのペンがウサギのキャラだった。

「ありがとうございます。騒いですみません。助かりました」

「消毒してガーゼを貼り替えましょう」

無言で処置をしてくれた。もう消毒液がしみることはないが、押さえられると痛みがあった。結華の体に力が入った。

「まだ痛いよね」

「ええ、中身はまだ治っていないですよね」

中身という言い方も変だなと思った。自分の体なのに。

「半年くらいは重いものなど持つと痛みますね」

「ええ、じゃあセックスもできないの？」

結華は薄く笑いながら看護師を見た。

「ああ、ちょっと無理かも。やる気の問題ですけど。傷口が開かないように注意して」

二人で顔を見合わせ、アハハと笑った。

結華は名札を見て友だちになれそうだと思った。ナースの友人がいても悪くない。形成外科で傷痕を治そうと思っていたからだ。

「吉永さん？　よかったらお友だちになってもらえません？」

「本当は患者さんとは禁止されているのですが、いいですよ、年齢が近いから。ナイショにしてくださいね」

「スマホ持っています？」

「Ｌｉｎｅ交換しませんか。あと、この話秘密にしてくださいよ」

二人はＬｉｎｅを交換した。吉永楓、それが新しい女性の友人の名前だった。

「私、刺されたの、あいつに。元カレ。知っていますか？　最低な女でしょ私って……」

「ええ？　何となく噂みたいな感じで聞いていたけど、精神的に問題があったとか。ストーカーです？」

「引きこもりになり別れたけど、彼の友人と一緒にいたら勘違いして刺されたの」

いやいや、その人と実は付き合っています。結華は内心分かるよねと思っていた。

「命に関わらなくてよかった。殺すつもりはなかったのかな、浅い傷だし」

「多分そう思う、でもあいつの親が資産家なの。あの弁護士からうちの両親は結構ふんだくったみたいで。このままじゃ、私、やられ損じゃない？」

「そうです、でも今日のことは誰にも言わないでくださいね」

「看護師としてはお大事にとしか言えないです。でも毎朝来る人は、今の彼氏かな？」

冷蔵庫からお見舞いにもらったフルーツゼリーを出した。

「もらえませんよ、だめです」

「私、動けないから食べると太るからお願い。捨てるのはもったいないし」

「そうですか、捨てるならもらいます。本当は一切こういうのはだめなんです。ここで食べてもいいですか？　見つかると怒られるので」

「いいですよ」

少し髪が茶色くて背の高い吉永さんは、悪そうに受け取った。

「わあ、おいしい」

「でしょ、マスカットお口に合いましたか？」

「はい、好きです。よく冷えてておいしいわ」

「仁志に頼んでデパ地下で買ってきてもらいました。私ね、年配の看護師さん苦手なの、あなたが来てくれると楽しいのに」

「シフトが複雑なのですが、担当が決まっているけれどもできるだけのぞきに来ますね。個室はラクなのでベテランが取る。でも大部屋は大変なので若手が行かされるという仕組みです、内緒ですよ」

きれいな顔をしかめて言った。

「退屈な入院も、あなたと知り合えて良いことあったわ」

「私なんかでよかったら。勤務時間以外にＬｉｎｅでお話ししましょう」

じゃあと言いながら慌てて結華の病室を出た、長居をしたら怒られるようだった。他にも担当の患者が下の階にもいるからと言っていた。

結華には女性の友だちはほぼいない、颯真と付き合い、女の嫉妬というやつなのだろうか、友人はみんな離れて行った。もうすぐ卒業だが、今頃あの子たちはみんなで自分のことを嘲笑しているのだろうと思うが、別に腹も立たない。もう、会うこともないのだから。

新しい職場でも友だちなど出来そうにも思えない。女はすぐに群れたがる。結華は化粧という仮面の下で何を考えているのか分からない友人なんて必要ないと思っていた。吉永さんのように仕事に打ち込む友人がいても良いと思った。

しかし颯真は何を考えているのか、仁志と付き合っていることを察していたのではないのか？　こんなことをして、まだ前の関係に戻りたいとか思っているのか。本当にバカな男だ。まあ、五千万円出したのだから、あともう少し搾り取れないだろうか。傷をきれいに治すため、名刺をくれた弁護士と交渉次第だなと結華は考えていた。

それには、この看護師の吉永さんと相談だと考えを巡らせた。こんなミミズ腫れの傷痕、仁志にも見せられない。結華は焦っていた。しかし、かなりの時間を必要とするのだろうということは安易に想像できた。

空腹感がどこかへとんでしまったが、一階のコンビニ兼購買部に何か食べるものがあるだろうか。スマホと財布を持って歩き出した。歩行器なんてもういらないわ。これからは強く生きないと。つまらないモノを食べている場合じゃない、早く体力を取り戻して、こんな辛気くさい毎日からオサラバしないと。そのためには慰謝料を自分の口座に振り込ませることが先決だった。

当事者の私に何も言わずにさっさと広島へ帰った親に対して怒りを押し殺した。自分が本当にあの親の実子なのか疑わしいものだ。子供の頃から、母は私のことなど全くかまってくれなかった。どうして愛されないのだろうと、広島を出ることにした。

早く退院して四月から始まる大阪の生活に想いを馳《は》せた。嫌な思い出はここに置いて行こうと思う。

「新しく春が来たら生まれ変わる、私」

痛む傷の上に、結華はそっと自分の手を置いてつぶやく。

どうしてこんな言葉が出たのかは分からないが、このままではいられないということなのかもしれない、もっと上を見て生きて行くべきだと思っていた。

それにしてもこんな傷、忌々《いまいま》しいと同時に、この痛みは一生取れないのではないかと思った。早く誰かに優しく抱きしめてほしい。冷たい体は人の温かさを求めていた。自分の冷たい、渇いた心と体を満たせる男は誰なのだろう、本当にそんな男がいるのか、それはかなり疑問だったが。男の人を本気で好きになることがどんな感情なのか、本当は分かっていないのかもしれないと思い始めた。

二月の中頃にリハビリを終えて退院すると、外の生活に戻れて結華は少しずつ日常に溶け込んでいこうとしていた。

三月が過ぎ四月が始まると、二人を取り巻く環境は大きく変わった。血のクリスマスを忘れるかのように、結華は仁志とともに大学の卒業式を待たずに新居をそれぞれに選んで引っ越した。

仁志は会社の借り上げマンションに寝泊まりだけして、あとは結華の広いマンションで過ごすという慌ただしい日々だった。結華の退院を待たずに仁志は引っ越しをした。ポピンズの石塚と末永の二人に手伝ってもらい荷物を運んだ。

そのあと、結華は仁志のマンション近くの駅前にマンションを借りた。結華には痛みを伴う大金があったので、優雅な生活だった。決してそれに満足はしていなかったが。

神戸と少し似たところのある大阪府堺市は、山があり緑の多い場所だった。仁志は製薬会社の営業だったが、初めは地方に行くこともなかった。しばらくは研修として本社で各部署を回り、九月には配属が決まるということだった。

結華は病院を大阪のほうに変えてもらうことにしたが、あの時知り合った看護師の吉永楓とは、仁志も交えて三人で会うようになった。あの事件から三か月、傷はまだ痛むが颯真のほうからもう何も連絡はなかった。

ただ弁護士の樺島から、更に五百万円が結華の口座に別に見舞金として入金されたので、思ったよりも優雅な暮らしができるようになり、結華は満足していた。あと、広島の両親からも三千万取り上げた。これで仕事なんかしなくてもいいようなものだが、仁志にそのことは言わなかった。

仁志は別に何も被害はなかったわけだし、報告する必要なんかないと思ったからだ。ただ、自分が留守にした時に心配をさせたし、マリンの世話もしてもらった。幾何《いくばく》かのお金を渡してもおかしいので自分の体でと思ったが、それも傷が痛みままならない。ナースの楓さんからも無理はしないように、体位を工夫するようにとレクチャーを受けた。

結華と仁志はお互いの愛を確認するのに時間を置く必要はなかった。それが本当に愛なのか結華は分からなかった。だがあの時……そばで結華の体を抱きしめ、薄れる意識のなか、狂ったように結華の名を呼び続けた男に抱かれることは自然で、一連の儀式みたいなものだった。

ただ、あの時結婚しようと言ったのはほんの冗談だったが、仁志は本気で考えているようだった。

新しい住居での夜に、仁志は暗闇の中で結華の左脇の傷に手のひらをそっと当てた。そのあと唇を軽くつけると、優しく言った。

「ごめん、僕が守れなかったから」

「いいの？　こんな醜い体の私で」

結華は仁志と両手を固く握り合う。

仁志は言った。

「本当に無事でよかった、こうしていてくれるだけで十分だ」

「ほんと？」

「ああ、結華は何も変わっていないし、そんなこと思うんじゃない」

結華が颯真といつか結婚できたら玉の輿だと思っていたもくろみは露と消えた。弁護士に聞くと自宅療養のあと、母親が同伴して半年ほど海外に留学する予定だったが、その直前に自宅のベランダから飛び降りて意識不明で入院中ということだった。

かわいそうにと思ったが、もっと早く颯真が自分で考えて心療内科に行くなり、親のコネを使い就職先を決めていれば、こんなふうに拗《こじ》らせることもなかったし、「私の体に傷がつくこともなかったわ」と結華は舌打ちした。

形成外科の手術も、半年から一年後の経過を見てからすることになった。ナースの楓さんと友だちになったのはそのためだ。ショッピングや食事に誘い、自宅にも招いた。それは自分の傷を見せて、形成外科の手術先を紹介してもらうためだった。

自宅で結華が傷を楓さんに見せると、若いからきれいに治っていると言ってくれた。だが本当はこの先、傷痕を少しでもきれいに治せる形成外科を紹介してほしいと尋ねてみた。

楓さんは地元の京都府立看護学校を卒業したのち、この病院で勤務しているらしい。狭い京都の街が苦しくて違う場所を目指したと話していた。同じ関西人で結華にとって話が合うし、環境が違うのでマウントの取り合いにもならない。本音の話せる存在になった。

彼女は結華よりは二歳上だが、看護の仕事は五年のキャリアだった。本当にさばさばとした性格で、お姉さんのような気持ちになる優しい人だった。仁志とのこともよく話したし、マンションの部屋に泊まることもある。猫のマリンもよくなついていた。今まで大学の友人とはこんなに親しくしたことはなく、楓さんは気の合う友人というよりも、やはり姉のような感覚だった。

玄関先に置いていた銀縁の鏡をリビングに置いて、買った物の試着をしながら結華は職場の話をした。春らしい花柄のプリントのスカートがあまりにかわいいので、楓さんはテンションが上がっていた。

やがて、今日は非番だが明日は早番なのでもう帰るということになった。仁志が来ることを予想して気を利かせたのだ。そういうところが好きだった、二歳しか違わないのにさりげなく先が読める賢さは、結華にはまねができなかった。

なかなか勤務が忙しいようで、大きな病院から小さい病院の日勤に替われば、夜勤がないのにと言っていた。それもそうだ。安い給料でこき使われるのもかわいそうな話だ。

銀色の縁の鏡に映り込んだ彼女は後ろ姿のはずだが、白衣の医師と見られる男性と抱き合っていた。しかし、そのあと更に鏡が映し出している情景を結華は見ていない。楓さんを見送るために背を向けて玄関に向かったからだ。

結華は、なるほど、そういうこと。だから辞めることができないのか。不倫でもしているのかと思った。男性の顔は暗がりなのでぼんやりしか見えないが、三十代ぐらいに見えた。まあまあ整った顔だった。

「じゃあ、帰ります。ありがとう、またね。形成外科の話はもう少しあとにしたほうがいいけど、知り合いのドクターに聞いておくからね」

楓さんは買い物袋を大事そうに抱えた。

「こちらこそ楽しかったです、また来てくださいね」

結華が笑いながら言うと、「エッチはほどほどにね」と楓さん。

「ヤダわ、私のことはいいから。楓さんにも彼氏いるんでしょ、今度会わせてほしいな、どんな人か気になるわ」

「それは今度ね。訳ありなの、お互いにいろいろと気をつけましょう」

鏡に映ったことは、思いのほか現実らしかった。


玄関で楓さんを見送っていたら、仁志が仕事からスーツ姿で帰ってきた。

楓さんの華やかな私服姿の美しさに仁志はハッとした、ナースの制服と私服とは印象が全く違う。

「おお、こんばんは」

「お留守の間にごめんなさい。結華さんと買い物に行ったあと、上がり込んでいたの」

結華にウインクして、楓さんは廊下を歩き大股でエレベーターホールに向かった。

「楓さんはいつも元気だね。看護師さんにしておくのはもったいないな。美人だし」

仁志は広い玄関で靴を脱ぐと、結華に軽く抱きついて頭を撫でた。

「傷はどう？　無理しないで」

「大丈夫よ、楓さんに見てもらった」

「今度あの駅前にある大きな病院に一度行かないか？　形成外科もあるみたい」

結華が毎晩風呂上がりに傷を気にしているのを仁志は知っていた。仁志には見せようとしない。

「楓さんが早く手術するのは良くないって言うの」

「そうか、ある程度、時間の経過が必要なのかなあ」

二人でリビングに行くと、マリンが仁志の足元に纏《まと》わりついた。

マリンとしばらく遊んでいた仁志が、キッチンに立つ結華に言った。

「仕事はどう？　うまくいきそう？」

「うーん、まだよく分からないけれど」

いつもの子供のような話し方を結華はやめた、仁志もその変化を自然なものとして受け止めていた。職場でもあの調子ではおかしい。学生気分が抜けるのは良いことだったが、本来のどこか抜けたようなかわいらしさが見られないのは少し寂しかった。

事件以降の変化を仁志は口にはしなかった。かなりの額で金の動きがあったことは、給料に合わない生活からも分かっていた。

仁志の初任給でも、こんな広いマンションには住めなかったからだ。二万円の社宅のマンションは八畳の寝室とキッチンがあるだけ、狭くて本当に眠るだけのものだった。このマンションにいたら、あんなところに帰るのは嫌になる。ここはキッチン以外にも六畳のリビングと寝室が別にあるのだ。

「今夜、泊めてくれない？　向こうに帰るのは面倒くさいよ」

「うん、いいわ。明日の朝一緒に出ようね」

「じゃあ、この買い物した部屋中の服をしまおうか」

仁志は笑いながら結華に言った。女性は本当に買い物が好きだな。結華の指にはあの時の指輪がちゃんと輝いていたのを仁志は嬉しく思った。

キッチンからいい香りがしてきた。カレーの匂いだった。簡単で満足感がいっぱいでご飯も一緒に食べられるのが嬉しくて、結華はよく作る。自分がここに来ることを想定して料理をしてくれていたのが、言いようもなく嬉しかった。

何か手伝おうと、仁志は散らばった新しい洋服を紙袋の中に少しだけ畳んで入れた。社会人になっておとなしく落ち着いた結華は、さぞかし会社でも男性受けがいいのではないかと気が揉《も》めた。でもいらぬ想像をしても意味がない。

こうして待っている人がいる空間に帰宅するということは、温かい気持ちになれる。自分の家じゃないのだが。

マリンが仁志の膝にすり寄ってきた。もともと苦手だったはずなのに、今ではすっかり黄色い首輪をした猫は仁志を主として頼りにしていた。引き取ってすぐに結華があのような事件に巻き込まれて、飼い主が仁志だとマリンは思っているかのようだった。

その証拠に、帰宅するとすぐに駆け寄ってきた。

「ごめんなさい、サラダはデリカで買ってきたの」

リビングのテーブルに結華が食事の用意をしてくれた。

「洋服はテレビの横に置いたよ。大人っぽい感じのが多くなったね」

散らばった結華の洋服を仁志は拾い上げると、ショップバッグにそっと入れてリビングの隅に置いた。全部で二袋、ずいぶんと買い込んだものだ。他にも洋服はたくさんあるのに。

ネクタイを外して上着の上に置いた。カレーのスプーンを持つと、マリンが膝にのってきた。

「そうかな、男の人はスーツでいいけど、私たちは制服がないから、一日私服のままなのよ。私は背も低いし顔も幼いから、せめて洋服だけでも大人っぽいものが着たいじゃない？」

「いいよ。そんな急に頑張らなくて。結華らしく与えられた仕事をこなせば」

仁志は急に仕事に目覚めたような結華に戸惑いを覚えた。カレーの味もいつもより上手に感じた。

あれから、なぜか大人っぽくなったな。楓さんから影響を受けたのだろうか。だが仁志は口にはしなかった。

「仁志はどうなの？　九月に転勤なんて、私、いやよ」

マリンの餌を小皿に入れて、結華は自分の隣に置いた。マリンは缶の高価な餌を食べ始めた。

「そうだな、僕もいやだと思う。でもまだ分からない。でもこの仕事は単身赴任で奥さんや子供を残して全国を回る人も多いみたい」

仁志は分かっていたが口にするのが怖かった。結華と離れて一人で行くことになるのではないかと諦めていた。

「そう。しょうがないわね。会社が決めることだから」

結華は寂しそうに言った。

「うん」

仁志は、颯真の家を訪れた日に結婚しようと結華が言ったことは冗談だったのか、どういうつもりだったのか聞く勇気がなかった。結華の仕事に対する興味も増しているように見えた。甘えた感じはなく、急に大人っぽくなった。

まだお互いに仕事を始めたばかりだ。大学時代とは違う。この幸せな時間も秋が来たら終わりになるのかもしれないと思いながら、用意された夕食のカレーライスを頬張る。

その夜は結華が用意してくれたジャージを着て、二人で抱き合って眠った。結華はあの頃と変わらず、マリンと同じように小さく丸くなって寝息を立てていた。マリンも自分の小さなクッションベッドに丸くなっていた。

仁志は自分だけが取り残されたような気持ちになった。いつの間にか急に大人になった結華、あの時の傷から子供の部分が流れ出て急に変化してしまった。悪いことではないが、自分が守るべき存在のはずが、今はこうして世話になっている。どこかへ行ってしまうのではないかという、居もしない相手に嫉妬していた。友人から奪い取るほどの魅力が結華にはあると信じて疑わなかった。


お金は人を変える。すべての人間がそうではないと思うが、金額にもよるのではないだろうかと結華は思っていた。だが、まさに自分が変わるほうの人に分類されることを悪いとは思わない。

結華は颯真の暴挙から、軽傷とはいえナイフで刺されて倒れた。結果、示談金を得たことにより、金銭的に余裕ができて自分磨きを楽しむことができた。当然、形成外科で傷痕を少しでも目立たぬように手術することが最優先だが、時間の経過が必要だった。だが仕事の関係で仁志がいなくなった後の男を探すことを考えていた。

玄関の姿見をリビングの隅に置いたのはそのためだった。そこを毎日通り過ぎるマリンが、チャトラから薄いミルクティーのような色に変化していたのを見た時からだ。瞬間、仁志が見ていないかと嫌な汗をかいたが、そこは大丈夫だった。彼は何も気が付いていない。この鏡には何か不思議な力があると結華は思っていた。

鏡の中のマリンの毛並みの色が変化して、体も大きくなっている。

「まさか、これは未来の姿が映る鏡なのかな？」

仁志には何も見えていない様子で、今まで何も問いかけられたことなどないことから、どうやら彼は鏡の謎を知らないと思われた。

だが結華には見えた。この部屋には仁志以外の男性が訪れることが。どれくらい先のことかは分からない。ただ、夏が過ぎて九月には、もうこの部屋に仁志が来ることはごくまれで、それもひどく疲れて羽を休めにくる感じだった。

結華にとって希少価値のある、頼もしい男ではなくなっている姿が映っていた。おまけに自分は仁志以外の男をこの部屋に入れていることだけが分かる。すでにそれを鏡は結華に繰り返し見せていた。

その姿形から、前に見た楓さんの彼氏？　後ろ姿だけだが、首の後ろにある黒子《ほくろ》がその証拠ではないかと結華は考えていた。どうしてそうなるのかは分からないが。先のことは誰にも分からない。

あの時、冗談で「結婚する？」なんて言ったが、見事に颯真に刺されてしまったからよかったものの、そう簡単に決めるには人生はまだ長い。ただ、誰かと一緒にいることで安心したかったのかもしれない。好きだけれど、本当に仁志を愛しているのかは分からなかった。結華は本物の愛というものを知らない、分からないのだ。

相手が自分に合わなければ、簡単に別れることもくっつくこともできる、それが結華の考える恋愛と結婚だった。幸せなんて誰も保障なんてしてくれないのだから。安心して眠れる寝床を見つけるために、結華はまた自分探しに出かけるのだった。仁志だけが男ではないし、最後の男でもないと思っていた。宿り木、そんな感じだ。

「じゃあね、また。何時に帰れるか分かったらＬｉｎｅしてね。私は七時には帰れる」

「ごめん、遅くなるなら自分の部屋に帰るよ」

仁志は結華の悲しそうな顔を見逃さなかったが、それが演技だなんて一瞬たりとも疑うことはなかった。仁志は次の電車の乗り換えのために手を振ってターミナルへ向かった。

結華はそのまま会社のある方向へと歩いて行った。初夏の風が急ぎ足の人たちの髪をざっとさらった。

明暗

神戸の街を一台の黒いタクシーが軽快に走っていく。大通りの交通量は多く、ほとんどがクーラーを入れているので道路はむっとする温度になっていた。先の信号の向こうには逃げ水が見えていた。

末永は今日も一人暮らしの老人を三人乗せ介護施設へと、すっかり慣れた道路を走行していた。

あのクレームのあと、末永は楽建ワークスに辞表を出して五年間の営業の仕事を終えて、四十八歳になり再びタクシーのハンドルを握った。賃金は固定給が保証されていてあとは歩合となり、前職より少しだけのアップだが、末永の顔に幾何かの笑顔が戻った。

空車で走ることはないし、以前のように客を探すこともない。簡単に覚えることのできた道を毎朝同じ時間に送迎に向かった。老人たちの顔色を見ながら、ある時は歩行器を後ろに積み、ある時は車いすを抱えてのせることもあった。

基本的にこれを繰り返して二十万以上の月給が入ってきた。時には寂し気な、ある時は笑顔で乗り込むお年寄りは、気まぐれでおしゃべりだった。そうかと思うと、黙り込んでいる老人もいないわけじゃない。

将来の自分の姿を重ねる。俺にはこんな老後が待っているのだろうか。そばに佳恵はいるだろうか。佳恵はどんなおばあさんになるのだろう。

それ以外の空いた時間は、修学旅行の学生や外国人の観光案内をした。得意だった英語以外に、今は中国語や韓国語の簡単な会話もできなくてはならない。この年齢で語学の学習は正直頭がついていかない。

それでも頭ばかり下げていた建設リフォーム会社の営業の外回りよりはつらくなかった。給料のほうも中途採用だったが、走る分だけ賃金が上乗せされるので二十万を割ることはない、これからの仕事ぶりで時給も上がる予定なので佳恵のご機嫌も良かった。

初めは辞めて転職すると言った時には、眉間のしわがより深くなり、どうしたものかと思った。だが慎吾も京都の私立大学へ特待生で合格することができた。学費は半分以上が免除になると聞いた。かなり助かる。自分の息子とはいえ、孝行息子だと誇らしい気持ちになった。

慎吾は自分がプライドを捨てて、国立から私立に変えればA判定で合格が楽にできるうえに、その大学で成績が上位ならば特待生となり、学費の半分までは割り引いてもらえるということで、喜んで京都に行ってしまった。今までの苦しみから解放されたかったのかもしれない。国公立の大学に合格しないと金銭的に厳しいと思い込んでいたからだ。

末永家としては慎吾の気配がなくなり、火が消えたように寂しくなるかと思いきや、佳恵はそれまでのパートを辞めて一つの新しい仕事に変えた。今度は昼頃から出かけて夜の十時前までになった。慎吾の世話をしなくてもいいので家にいる必要もない。

末永は仕事が早く終わったら、ポピンズに顔を出して、バイトの学生と同じように家具や家電、雑貨などをきれいにして店内に並べたりして石塚と話すようになった。

それまでは営業が末永の夜の時間を奪っていたが、今のタクシーの仕事にはそれがない。石塚が背中を押してくれたことで新しい人生が始められたような気がした。介護の仕事ではなんだかとてもいいことをしているような気分になり、過去の自分の罪滅ぼしができるようだと思っていた。

「どう？　もう慣れた？　仕事」

石塚は末永に向かってレジを挟んで尋ねた。ポピンズには三人ほどの客が店内をウロウロと物色して、値打ちのあるものを探していた。

「はい、運転のほうは大丈夫ですが、お年寄りの送り迎えは気を遣いますね」

「そうか、でも、あの営業よりもいいだろう？」

「はい。もう、インターホンや、玄関のベル見ても怖くなりました。お年寄りに逆に感謝されて、知らないうちに笑っている自分がいる。感謝しています」

末永は笑いながら入荷した古着をサイズごとに並べていた。値段はどれも百円だったから、サイズだけ分ければいい。知らない間に鼻歌が漏れていた。仕事が終わるとここへ来て話をすることで、一日の疲れを癒やすのが当たり前になっていた。リサイクルの洋服を仕分けすることも何となく暇つぶしのようなもので、手を動かしながら話をするのも悪くない。

「息子さんは元気？」

石塚は笑みを浮かべて缶コーヒーを差し出し、レジから出た。

レジにはいつもの茶髪の男の子がさっと入った。

二人で奥のガレージに行った。

「はい、楽しいみたいですよ。あれだけ、勉強のことしか頭になかったのに、憑《つ》き物が落ちたみたいに遊びに興じているみたいで」

「奥さんは行ったりしないの？　京都」

「あまり関心はないようですね。息子にべったりしたら嫌われますからね」

ふんふん、というふうに二回ほどうなずいてコーヒーを飲んだ。

「そんなもんかね。ところで、お金のことで奥さんのあたりはどう？」

「前ほど悲愴感はないです。入学金や下宿のマンションの初期費用などで、二百万円ほど入れたから、後期の月謝を払い込む時にまた言われますよね」

末永は苦笑いした。

「じゃあ、家の貯金はゼロかな」

「いいえ、そうでもないです。息子も特待生制度を利用してくれているし、全部借りるとなると就職してから返済が大変なんですよ。今まで嫁さんが学資保険をかけていたので、それを崩しましたから、何とかなりましたね」

ふう、と末永はため息をついた。息子の将来はこれで何とかなったように思えるが、自分が何度も転職を繰り返して古い賃貸マンションにしか暮らせない妻に、少しはねぎらいの言葉でもかけてやらないといけないな、と思い始めた。

そういえば、家族の誕生日も結婚記念日も特別に何も祝い事などしたことはない。息子の学費のために生活費を切り詰めて、夫婦らしい会話もなかった、それほど二人は生活に疲れ切っていた。

「息子が無事に大学生になれたからでしょうかねえ、最近妻が機嫌よくって。今までストレスでこめかみに青筋が浮いていたけど、今は洗濯物を干している間にハミングしているし、テレビ見て笑っていましたねえ」

「末永ちゃん、それはいいことだね。最愛の一人息子が巣立ってしまっても、母親がやきもきしたり、落ち込んだりせずに明るいのは、救われるね。でもなんだかあまりの変わりように、裏があるんじゃないかと思ってしまうなあ」

ぎょっとした。まただ。いつもこんなふうに自分の心の中を見通されているような気がする。夜のパートから帰った時にすれ違ったら、髪から煙草《たばこ》の匂いがする時があった。それも一度や二度ではない。末永は煙草をたしなまない。

「そう、ですか？　普通は鳥の巣症候群とかいう、少し鬱っぽい感じになる母親もいるそうですね。ネットで見ました。でも、なんだかあっけらかんとしているし、別人みたいで……」

「で？　なんか変だなと？　言っちゃえよ、誰にも言わないからさ。ほんとは言いたいんじゃないかな？」

石塚はトタンの天井に向かって煙草の煙を吹かした。

「今までなかったことで、最近思うこと。そう、煙草。佳恵の服や髪に匂いがついている時があります。自分は煙草はやらないので。震災の時に火災を見ているから怖くて、煙草は吸いませんし、花火の火薬のにおいも苦手です」

「パチンコじゃないの？　女の人でもパチ行く人いるからね」

「ああ、そうか。今まで趣味みたいなものもなく、家事とパートだけだから。でも一人でパチンコ行くかなあ。もともとパチンコに行く女じゃないです」

「うん、じゃあさ、パートの仲間とカラオケかも。女の人の喫煙者も多いよね」

石塚は末永の答えを待っているようだった。

「そうですね、そうかもしれないです。今までパートの掛け持ちで時間もなかったけれど、誘われたら行くようになったのかもね。俺も何か趣味を見つけないと」

「違うよね、そんなこと思ってない。――言っちゃいなよ、いつからやってないの？」

やってない、何を？　末永は困惑した。何となく想像はできたが、答えに窮した。

「ええ？」

「寝室別だろってこと。女として見てないってことだよ。妻という名前の他人だからこそ、気を遣う、お互いにだけど。結婚していない俺が言うのも変だけどな。

前に、若いお客さんだけどね、自分の仕事が少し忙しかっただけで、美人の妻がネットゲームで知り合った男と懇ろになって、探偵を使って調べたら三回で現場が押さえられて、即離婚ってことで相手の男から結構な金額を取ったあと、嫁さんは叩き出して、荷物の整理に行ったことがあるね。あんたがまだ、ここへ来る前の話さ……」

「ああ、息子が小学生に上がってしばらくしてからだから」

こんなことを言う羽目になるとは、恥ずかしさで石塚の顔を見られない。

「あ、そう。奥さん、弾けちゃったかもね。主婦売春とかじゃないといいね。末永ちゃんがいやじゃないなら、好きにさせてやりなよ」

「そう、思っています」

俺が全部悪いのですと内心末永は思っていたが、言えなかった。

「うん、それがいいよ。末永ちゃんは行かないの？　女の子がいてお酒が飲める店」

「そんな金どこにもないです。石塚さんは？」

「俺も、別にいいかな。女は面倒だなあ。この歳になってもう、興味はないかな。それよりいい仕事あるけど、やらない？」

「土日の仕事みたいな？」

「違う。だけど、同じルートの荷物運び。簡単だよ」

少し視線を落とした。

「トラックですか？　一人で」

「いいや、原チャリでもいいよ。封筒くらいの大きさで、週一で月に五万で」

「あの、それって、やばいお兄さん絡みのじゃないですか？」

嫌な予感しかしなかった。犯罪なのでは？　振り込み系の受け子とか……。

「ああ、分かった？　中身は知らないほうがいいと思ったけど、ダメか」

「振り込めか、くすりの運び屋では？」

首を竦《すく》めた。石塚は大きく手でバツを作った。

「ごめん、この話忘れて。あかん、ごめんな。いや、奥さんにお金で満足させることができたらなと思って。息子さんにも仕送り、やっぱお金でしょ」

「絶対にパクられないならいいけど、やばいのはダメです。もしも警察沙汰になったら、息子の将来が……。できません、すみません」

「ごめん、もう言わないよ。俺もどうしようかなと少し考えたけどね、やってみようかなって。でもやめておこう。丁寧に断るわ。ごめんな。冗談だと思って」

「いつものバイトだけお願いします」

末永は苦い思いでポピンズを後にした。いい人だと思っていたのに、信じていたのに、やばい仕事に巻き込むつもりでいたのか。もう、ここに来るのはやめようと末永は思った。妻の不倫を吹き込んだのも石塚だった。佳恵はバイトの帰りにカラオケに行って、そこで煙草を吸う女がいるだけだ。女の人も煙草を吸う人はいる。あいつに限って男なんているはずない――。

末永は、明日も八時から介護の一番組に当たっている。末永は商店街の中華屋に入り、チャーハン定食を注文したが、いつものようにおいしくはなかった。信じていた人に裏切られるってこんな気持ちなのか。

いや、待てよ。二十四年前に友人に嘘をついたのは誰だ？　俺じゃないのか。結果、どうなった？　三人は俺のついた嘘のせいで震災に巻き込まれたのではないか。生きるのがつらいとか、佳恵が浮気だとか、そんなつまらない次元の話ではない。彼ら三人の人生を潰したのは自分ではないか。それに比べたら……。

もう飯を食べる気持ちになれなかった。代金をテーブルに置くと、末永はふらっと店を後にした。

女の哀愁

佳恵は男たちの予想を裏切らなかった。

末永に見切りをつけた佳恵は、慎吾の京都行きを見届けるために入学式に行った時に、こみ上げるものを感じた。やっとあの小さな子が一人前になった。がむしゃらにパートで稼いだものが無駄にはならなかった。

佳恵はスマホの中の、大学の前で撮った慎吾との写真を毎日見ては、息子のいない食卓に涙を落とした。心の中半分がもぎ取られたようだった。寂しい。言いようのない虚無感。なんだって京都なんか選んだのかと悔やんだ。神戸にも私立大学はたくさんあったのに。新神戸から京都駅まで新幹線に乗れば、いつでも慎吾に会える。でも、年頃の息子に嫌われたくはなかった。彼には新しい生活や友人がいるだろう、母親なんて面倒くさい存在だ。パートを減らせば仕送りの送金もできなくなることだし。

これから四年間、慎吾の心をお金でつなぎとめておきたかった。いつか彼女が出来たとしても。それにしてもこんなに寂しいなんて。携帯の画像ばかり見てしまう佳恵だった。

佳恵がとんかつ屋でぼんやりとテーブルを拭いていたら、常連客の藤井が声をかけた。

「末永さん、元気ないね」

「ああ、すみません、お茶でしたね。ちょっと待ってください」

佳恵は慌ててお茶のお代わりを持っていき、今、入店してきた客のところにオーダーを取りに行った。

店内は平日の八時になるとそんなに混雑していない。客は藤井を入れて三人しかいない。八時には帰りますと大将に言いに行った。

「ねえ、前の話考えてくれた？　新しい讃岐《さぬき》うどん屋の店長してくれない？　セルフだから楽だよ。ここよりも時給高いから」

「大きな声でやめてください、ここの大将にはお世話になっていますから。そんな簡単に言わないでください」

佳恵がテーブルから離れようとした時、藤井に腕を掴まれた。

「大将とは付き合い長いからさ、話は通してある。安心してよ」

「勝手にやめてください、なんてこと」

「二つも掛け持ちしているんだろ。辞めれば？　倍払うから」

佳恵は考えた。普段使われる側ばかりだったが、藤井の言うとおりにすれば、自分はもう客に頭を下げてしんどい思いをしなくて済みそうだ。もう一つのパン屋まで自転車で走ることもない。いつもの余り物をもらって慎吾に食べさせることもないのだ。仕送りもできるし、自分の時間もできる。

パートの仲間とカラオケに行ったり、無駄話や愚痴を言う相手が出来るかもしれない。急にぱあーっと心の中の空白に自分の夢が広がった。まだ何も行動に移していないのに。

「ね、いいと思わない？」

細くて白髪交じりだが、俳優のような感じのする整った身なりにお金の匂いがする。車も高級外国車だった。大将が言うには、この男は他にマンションも所有しているらしいが、奥さんとは昔に離婚して子供はいないと聞いていた。羽振りのいい、いかにもお金を持っていそうな中年の男。

「私に店長なんか務まるのですか？」

「いるだけでいいの。飲食の店長は別にいるから。それが男なんだよ。それが実務は全部やってくれるし。あんたはバイトのリーダーみたいな感じでいてくれたらいいの。窓の掃除や、のぼりを出したりレジ打ったりするのをきれいな女の人がすると、お客さんは入る。レースクイーンみたいじゃない？」

「アハハ！　四十過ぎた私にきれいだなんて？」

佳恵は久しぶりに笑った。

「そう、その笑顔。いいやんか。しかめ面は似合わないで。明日の昼、ここの前で待ち合わせね。うどん屋に案内するよ」

いつしか藤井のペースに巻き込まれた、時計は九時を指していた。奥から大将と奥さんがバイバイと手を振っていた。本当にこんなにお世話になったのに、去るべきだろうかと思っていた。佳恵は白いエプロンと三角巾を取り去って布バッグに押し込み、自転車の鍵を出して外へ出た。

藤井が車の窓を下げ、

「ここに、明日十一時に来てね。待っているよ」

手を振り低いエンジン音をあげて藤井の車は走り去った。佳恵は末永と、もう長く一緒に自家用車に乗っていないことを思い出した。

家に自転車を置くと、明日のためにパックをして何を着ていこうかと洋服を探す自分のことをひどく滑稽に思った。自分の中の女が、そうさせることの不思議に戸惑いはない。慎吾の仕送りのために、より待遇のいいパートに行くんだ、ただそれだけだ。佳恵は自分に言い聞かせていたが、それからひと月もしないうちに藤井と深い関係になるとは思ってもいなかった。

簡単な仕事に程よい男性の温かい肌は、佳恵に遅れてやって来た青春の頃のときめきを思い出させた。ほんの気まぐれでも、見え透いた出まかせでも何でもいい。佳恵は乾ききった砂漠の中のオアシスをそこに見た。

戸惑いも躊躇もなく、すんなりと闇の底に落ちていくのは簡単なことだった。人はそれを不倫という言葉で一蹴するだろうが、たとえ愛人と呼ばれようがどうでもいい。失うものなんて何もない。

息子という宝ものを失った佳恵には、藤井という男性が自分を必要としているのだという事実だけがあればよかった。バカみたいな誉《ほ》め言葉に慰められた。それが大嘘でも、ただのお世辞だろうが。

捨てられた猫を拾った人が飼うのと同じ、佳恵はそう思いながら今日もまたうどん屋の外でのぼりを出して、ガラスを拭きながら、バイトの女子学生と笑っていた。拭けばガラスはそれなりにきれいになる。それは自分も同じこと。古くなった肌も手入れをすれば、今までよりもきれいに見えるものだ。娘がいたらこんなふうに笑えるのか、これも藤井がチャンスを与えてくれたことだ。息子なんて大きくしても、いなくなってしまうのは分かっていたのに。

心がどんどん軽くなる。なぜこんな簡単なことに気が付かなかったのか馬鹿らしく思った。今まで自分を縛っていた何かから解放されるとは、こんなに身軽になることなんだと佳恵は自由を楽しんだ。こうあるべきなんて誰が決めたのか。ほかならぬ自分だった。そんなもの初めから存在などしなかった。

「店長、日焼けしますよ。早く中へ入りましょう」

その女の子はバケツと雑巾を持ってくれた。

「ねえ、あなたのお母さんは何歳くらい？　あなた、息子と同じ歳だったよね」

「そうでしたっけ？　二十二歳ですよ、ここからチャリで十分ほど走ったところにある看護学校に行っています。ワタシの母の歳ですか？　五十歳になるかならないかですかねえ。どうしてですぅ？」

「ごめんね、ちょっと聞いてみたかっただけ」

「姉がいますから、うちの母のほうが年上だと思いますよ」

佳恵はこの子は長くいてくれるといいのにと思っていた。明るくて裏表のない子だと思った。この子の母親を知りもしないのに、どう張り合おうというのだ……。

前の道路を末永のタクシーが走り過ぎた。末永は佳恵がこの店で働いていることを知らなかった。聞かされていないので知るはずもない。佳恵は夫がどんな仕事をしているのかを聞かなかったし、何かしらの仕事をしていればそれでよかった。


末永は家族のために定年過ぎてもできる最後の仕事だと思い、今度こそはと懸命に、真面目に取り組んでいた。佳恵に夕食を作ることもあったし、好きそうなパンを買って帰ることもあった。だが、どれも佳恵は口にすることなく、帰宅後は風呂に入り、無言のまま自分の部屋に入り小さいテレビを見てそのまま眠る毎日だった。

末永は朝早く出かけるので、そのまま自分の用意した食事やパンはどうなったのか知らない。食べてくれているから、最近元気にきれいになってきたのだと信じたかった。残酷な現実に蓋をして、理解のある亭主を演じていた。

何も変わらない。人間の本質なんてこんなものだ。二十数年たっても自分がかわいいのだ。あの時は平気で友人を騙した。その三人はもうこの世にいない。

今は家族を騙している。土日は引っ越しや夜逃げの荷物整理をしていたのだ。いい旦那を演じるためには、石塚の冗談だと言っていた運び屋をして五万多くお金を手に入れる。そうすれば妻の歓心を得ることができるのだろうかと、信号待ちの間に考えていた。このお年寄りのように、自分も年老いて佳恵と一緒にいるのだろうかとも。

佳恵の本心など全く知る由もない。最近は会話すらない。慎吾が大学を卒業して就職したら、佳恵は離婚して藤井と再婚するつもりでいることなど知りはしない。

石塚は分かっていた、ポピンズにもう一週間ほど姿を見せない末永が、あの仕事のことで揺れていることを。鏡はみんなお見通しだった。石塚は中古の原チャリを磨きながらナンバープレートを付けていた。これも乗り換えのために捨てられるはずのものを、バイク屋から譲り受けた。まだまだ乗れる、エンジンは丈夫だった。何かを取り換えれば、まだ乗れる。人もバイクも同じことだ。ダメな部品を取り除き、新しくすればいいだけのこと。

今度の日曜にまた一軒分の引っ越しの荷物整理が依頼されたので、末永にメールを出したところだ。きっと末永はあのやばい仕事をまた引き受けないだろう。警察の情報は裏で入手しているから大丈夫なのに。〝マトリ〟が動かない限りバレることはないのだから、マークされそうになれば撤収すればいいだけのこと。モノが何か知らないのだから。メール便と同じだ。

先週末永が来た時に、鏡の中の末永を見た。若い男たちの中でしわのないニキビ顔の末永が笑いながらこたつに入っている。あんなふうに笑うことができたのに、何が末永をあんな卑屈に変えたのだろうかと石塚はまた鏡を見た。あのあと来ないから、鏡は古い箪笥しか映すことはなかった。

しかし、彼の学生時代に何かが起こったとすれば、年齢的に自分と同じく神戸の震災だと思った。そのことが人生に何らかの大きな影を落としているのではないかと想像するのはとても安直だったが、それが外れていないことも予見する鏡の持つ魔力である。もしくは奇遇な人生を歩いてきた者だけに備わる羅針盤が、哀愁を持つ者同士を集めているのかもしれない。

シャッフル

この夏は恐ろしく暑かった。

浜風はここまで届かず、うんざりするような毎日を結華は過ごしていた。

夏休みも少ないので、仁志と旅行に行くほどの時間はなかった。仁志と休暇を合わせることができなかったからだ。外資系に盆休みなどはない。休暇を出せるほど新入社員は暇ではなかったことを結華は知っていた。

仁志は入社してからはずっと研修で、研修期間が八月に終わると赴任先を決める面談が始まろうとしていた。それをどうしても結華に言い出せず……というか、結華のそばから離れる可能性が高いことを恐れてはいられない。社会人として会社の辞令は絶対だ。

ある晩、仁志は、ナースの楓さんを駅まで送っていく時に、コンビニに寄って少し話した。

「ふーん、結華ちゃんはあのとおり寂しがり屋でしょう。あんな事件もあったし。何とかならないの？」

「無理ですよ、会社の命令に逆らうってことは……」

「だよね。私も今の病院、辞めるに辞められない理由はあるわけで」

「今度、ゆっくりと話聞いてもらえませんか？」

仁志は結華のことを頼むつもりでいた。

「いいけど。私もそんな時間ないけど、とりあえず連絡先は交換しておこう。結華ちゃんには内緒」

「当然です。ただ、八月の終わりには内示が出ちゃうので」

「そうね、神戸に出てこられる？」

「どうかな、何とかして時間を作ります」

社会人一年目は後れをとるわけにいかない。一生を左右する、せっかく入社した会社で同期にも引けを取りたくはない。仁志は女と仕事の板挟みに悩んでいた。

「結華ちゃんのこと、心配じゃないの？」

「大事ですよ。でも、仕事と比べるような問題じゃないし。じゃあ、猫の缶これ買うので、さようなら」

仁志は答えに窮して、コンビニを出ようとした。楓さんは絡みつくような視線とともに仁志の手首を掴んだ。

「今なら空いているわ、そうじゃない？　あなたもそうでしょう」

仁志は楓さんなら分かってくれるかと思った。彼女の言うとおりにすることにした。

結華は最近考え込んでいることが多い。思い悩んでいるというよりも、ぼんやりとしている感じ……。

精神的に何か、不安定なことが会社で出てきたのだろうか。夜に二人で眠っていてもうなされていることがあった。今までそんなことはなかったので仁志はとても不安だった。守ってやらなくてはならないのに、結華を置いて遠くには行けない。しかし、これは一生を左右する大事な局面だと思っていた。


勤務先は東北方面に決まりそうな予感がしてきた。面談の時に涼しい場所は過ごしやすいだろうと暗に言われたのだ。

それも何となくだけれど。嫌な予感は大抵当たる。結華のこともそうだ。職場では女性の先輩と仲良くしていると聞いているが、仕事がどんな内容なのかも知らない。タウン誌の編集だとは聞いていたが、以前と違い会話が少なくなってきた。仁志は結華の心がどこか違うほうを向いているような気がしてならなかった。

それは当たっていた。仁志は颯真のように単純な脳細胞ではなかった。空気を読んで今まで生きてきたので、それなりに分かることは男の影がどこかに漂うことだった。体を合わせれば分かる。前のように全身の産毛が逆立つような快感を結華は得ていない。自分の体力が落ちたのか、それともおざなりな行為に飽きてきた。そのようなことを倦怠期《けんたい》というのだろうかと思ったが、仁志は仕事が頭の大半を占めてそれどころではなかった。

「明日は寄れないと思う、ごめんな」

恐る恐る結華に言うと、マリンと遊びながら結華は満面の笑みを浮かべた。マリンは撫でてもらい喉をゴロゴロ鳴らしていた。

「気にしないで、大丈夫。お仕事だからね」

そんなふうに言えば何でも誤魔化せると思っているとは片腹痛かった。楓さんと二人で会っているのに、何を言っているのか。

明日は仕事で遅くなるのか、それは本当なのかと結華は思っていたが、心にもない顔をできることが特技だった。仕事場でも便利に裏表を使い分けていた。


結華は先日、仁志が鏡の前を通過した時に、楓さんとコンビニらしい場所で携帯を出して話をしているところを見ていた。少し、そう遠くない時期に、この二人は自分のいない場所で接点を持つのだということが分かったのだ。

嫉妬などしない。結華は単調な毎日にもう飽きていた。真面目な仁志は優しく、それがかえって結華をイライラさせた。

颯真に比べればセクシーな顔つきでもない、面白みに欠けるのだ。その点、楓さんの彼氏は大人の香り漂う男性だった。一度神戸に戻った時に紹介された。彼は独身だった。医師といっても麻酔医なので特別にすごいってほどでもない。だが麻酔がきちんとできないと手術なんかできないの、と楓さんが言っていた。

年収は二千万円ほどあるらしいが、忙しくて使う暇がないので貯まる一方だと聞いた。実際、手術の回数分麻酔医が必要なのだが、掛け持ちでは医師が疲弊する。麻酔医は大切だがなり手が少ないとのことで、この病院以外にも掛け持ちしているそうだ。手術の曜日を担当医で分けているらしい。だから楓さんとはシフトが合わないそうで、会うのがままならないと言っていた。

年齢は三十歳。結華の知らないタイプで大人の男性だった。楓さんの彼氏でなければ、仁志から乗り換えたいと思ったくらいだ。指先の細さが色っぽい感じだった。寂しそうな横顔は誰もが知る俳優に似ていた。大人の男性はとても魅力的に映る。神経質そうな横顔はほっそりしていて色が白い人だった。楓さんが好きになるのは分かる気がした。でも結婚はしないという。

結華は自宅に楓さんを招き夕食を食べて、少しビールを飲んだ時にどうしても聞いてみたくなった。当然、楓さんの彼氏のことだ。気になってしょうがない。

「ええ？　どうしてですか」

「結華ちゃんには分からないだろうけど、ナースと医者の組み合わせは長く続かないの。人の体を扱う者同士、ある意味人間味がないのよ。他の業種の人としか結婚できない。手術の最中に、平気で昼ご飯は何食べるなんて話しているの。考えられる？」

「無理です」

嘘だ。いやいや、あの指でそっと触ってみてほしいと思っていますなどとは言えなかった。

「答えが焼き肉だったりしてね」

「当たりよ。患者が全身麻酔だから、それをいいことに緊張感があるのは肝心な部分だけで、あとは世間話なんだから。あいつらは悪魔みたいなものよ。人間だとは思っていない、患者のことなんか」

「じゃあ、私もそうだったのかな」

「あの時は急患だったから緊張感はあったと思うよ」

「ふう〜ん。そういうものですか。じゃあ、あの人のことは愛していないのですか？　彼氏ですよね」

「どうだろう？　なんだろう、彼と私の関係って。考えたこともないけど、セフレという便利な言葉があるわね。それに近い、かな。友だちで時々寝る関係」

楓さんはやれやれという表情を浮かべた。彼女の収入は高いが、忙しいので夜勤明けなどは一日寝ていたりして使う暇がないのは彼氏と同じだった。

結華は体の傷を丁寧に縫合してくれた、医師の顔も覚えていなかった。主治医として数回診察をしてもらっただけの人。もちろん医師は、数日で忘れてしまうくらいの患者を相手にしているのだ。それくらいの気持ちでないと務まらないだろう。医師だって人間だから、いろいろな考えがあって当然だと思う。白衣を脱いで病院を出たら、自分たちと同じ一人の人間だ。

「だったら、あの彼氏さん、シェアできませんか」

「大胆なことをズバッと言うわね。別にいいけど、仁志さんはどうするのよ？　ばれたらまた刺されるから」

うすら笑いを浮かべて瞳を大きくした。

楓さんは無理だと断るだろうと思っていた。

「仁志は転勤すると思うから。彼は私のことを好きなんじゃなくて、私のことを好きな自分が好きじゃないのかな。形から入る人いるじゃないですか。ばれなければ大丈夫です。それより楓さんは愛してないのですか？　あのドクター」

「黒田のことね。初めは惚《ほ》れたわ、でも今は忘れた？　うーん、相性がいいから一緒にいる、かな。好きよ。でも結婚しないってお互い分かっているし、嫉妬とかしない。結華ちゃんならいいけど」

「シェアなんて言い方、ごめんなさい。でも初めてそういうの、思ったんですよ。楓さんから奪うとかじゃなくて、あの人に惹かれたんです。とても」

すごい、わくわくする。医師の奥さんになれるのかも。楓さんは友だちやめると言うかな。

「じゃあさ、まずは今度、傷のことでと呼び出して三人で会う？」

楓さんはまた薄笑いを浮かべていた。今度は淫靡《いんび》な。食事の手が止まったままだ。

「私はいいけど、楓さん、本当にいいの？」

「ちょっと飽きていたの、最近。いいわよ」

「ほんとに？」

「仁志さんが転勤決まってから。黒田にも聞いてみないとだけど。でもあとで揉めないでよ」

楓さんはあの事件のことを言っているのだ。顔で分かる。指を結華の左脇に向けた。

「大丈夫です、仁志は」

結華はこれで新しい刺激が得られると、内心飛び上がるほど嬉しかった。


仕事なんか別に長く続けるつもりはない。自費出版の、下手な小説みたいな作文もどきを突きつけられてうんざりしていた。あまりにもひどい作品を毎日読むものだから、ノイローゼになりそうだったからだ。赤を入れるところが多いのはまだいい。意味が分からない文章にはため息すら出なかった。頭がおかしくなりそうだ。タウン誌の食べ歩きの部署に行きたいと思っていたのに、文芸なんて結華の引き出しには全くない。自分自身、文学とはかけ離れた人生を送っていたのに。

隣の先輩、秋田は、

「ね、嫌になるでしょ。気を付けてね。去年入社した子は三か月で辞めたわ」

「ええ、嘘でしょ？　私はその記録を超えることができませんでしたね。でも少し笑える」

「偉いわ、でもため息多いから心配していたのよね」

アハハ！　と秋田は笑って席を立った。二人分のコーヒーを入れて戻ってきた。

「すみません、私が行かないとだめなのに、すみません。ありがとうございます」

「いいのや、別に。二年しか違わないよね」

「秋田さん、関西ですか？」

「京都や」

京都には一度しか行ったことはない。どうりでつり目がシャープできれいだった。黒髪をボブカットに揃えていて、アイボリーの縁の眼鏡がとても似合っていた。

「神戸の人だと思っていました」

「地元の企業は全部落ちた」

秋田さんはとても仕事ができそうに見えるのに。

「神戸住み？」

「はい。郷里は広島ですが。だから大阪はなんだかしんどくて」

結華が言うと秋田はうなずいた。

「京都に帰ろうかなと思っているの」

「私も神戸に帰りたいです。人が多すぎてなんだか疲れる」

結華は神戸だと楓さんもいるし、四年いたら第二の故郷のように思えた。

「お互いに今年はがんばろう。三月には結論を出そうか？」

秋田は小さい声で言った。

「そうですね」

結華は更に小さい声で言った。めぼしい男も出会いもない。二流の会社に用はなかった。神戸でこれよりもましな会社を探すために、再就職アプリは二、三インストールしてある。

楓さんの彼氏、医師の黒田さんと会うことがとても楽しみだった。仁志の転勤先は別に気にならなかった。どうやら金沢に転勤が決まったようだった。結構、いろいろとあったけれど、長く一緒にいたなという気持ち以外に特に何もなかった。

残念で悲しい演技をするのは面倒だったが、それも今までお世話になったので、特別に念入りに。結華は神戸に帰りたい一心だった。良い思い出も悪い思い出も、すべてがそこにあったような気がした。

鏡に映り込んだ未来の自分を見るのは難しかった。何度見てもそのままの自分しか見ることができない。あの時のように教えてくれないかと思う気持ちが強いほど、鏡は残酷だった。

だが会社に行く前、部屋の去り際に部屋の鍵を探す自分の後ろに、楓さんの彼氏らしい年上の男性が立っていた。顔は鏡に見切れていた。

期待する気持ちがあった。仁志には悪いけど。

早いもので、仁志の金沢転勤から三か月が過ぎた。結華は仁志のことを心配するふりをしながらも、つまらない仕事をこなしながら、密《ひそ》かにアプリを駆使して神戸に戻る手段を探していた。

小さいながら情報誌のライターを探している会社があるらしいが、外を歩く仕事は少しきついと断った。だが先方は会社の中で編集や校正などをしてもかまわないということなので、仁志には言わずに面接を受けに行った。

編集長が女性なので、何とか話を合わせて採用してもらえるように、結華はやる気のある自分を演出した。その編集長は四十代のバリキャリな感じで、気を付けないと勢いで負けそうだったからだ。

ナースの楓さんや黒田先生と一緒に過ごすことが増えた。話をしていると楽しいし、やはり落ち着く。大阪には知り合いも何もないのでつまらなかった。

隣の席の秋田には、この十二月で辞めて神戸に帰りますとこっそりと告白した。一年続かなくて申し訳ないが、親が病気で一時帰省すると嘘をついた。それは秋田にも会社にも。お金は十分にある。給料などはどうでもいいが、気楽で苦痛のない仕事なら何でもよかった。暮れには仁志も帰ってくるので、引っ越しや転職のことはその時に話すことにした。Ｌｉｎｅは便利だが、仁志も慣れない金沢で疲れているだろうから、日々の暮らしのことやマリンの画像などを送るだけで、これといって報告することもしなかった。

結華は、直接肌を触れないとダメな女なのだと自分で分かった。仁志が金沢に行ったあとで楓さんの彼氏、いや、友人の黒田医師が時々結華のマンションに泊まることもあった。結華は鏡に映った男性はこの黒田だと思った。八歳も上だと安心感が違う。

仁志と颯真も自分と同級生だったので、黒田の振る舞いがとてもスマートに感じた。気を遣うこともなく初めから知っていたような、それでいて何もかも結華の思うとおりに会話も弾む。おしゃべりな人ではないが、思慮深く言葉を選ぶ。男としての深みがある。過去の男たちにはない知的な感じに強く惹かれた。

結華はこの人と結婚したいと思ったが、楓さんの気持ちもあるので時間をかけて考えようと思った。まずは仁志とのことをどう処理するかが肝心だった。黒田は誰とも結婚する気はなさそうなので、どう攻略すればいいのか、かなり難易度が高い。プレイボーイとまではいかないが、誰でもいいということでもない感じだった。

女性の扱いに慣れていた。結華なんて子供のように簡単だったに違いない。楓さんも、

「どうだった？　うまいでしょう」と笑いながら電話をしてきたほどだった。目のくらむようないやらしいキスは思考を止め、一切の抵抗をストップさせた。さすが麻酔医だと思った。

気が付けば、きれいな黒田の上半身が結華の上にあった。肩から腕の筋肉がきれいだった。なだらかな摩擦と愛撫は大人のそれだった。想像以上のみだらな行為は結華の知らない世界だった。

「これは触らない」

時々楓とともに見せていた左脇下部の傷をカバーするように、小さな結華の腰を抱えた。

「仕事のあとはとてもやりたくなる」

「楓さんとも、そうだったの？」

「そうだね。結華ちゃんはこれからもっとこう、僕の好みになってほしいな」

「それはどういうこと？」

「僕の形を覚えてほしいってことかな」

黒田はつぶやくと、ひどく結華を攻めた。壊れそうになるとまた引く。その繰り返しで黒田は楽しんでいるようだった。一連の行為が終わると結華の傷を改めて見た。

一年が過ぎ、黒田は、きれいに治っているが今はまだ早いのであと半年ほどしたら、知り合いの形成外科を紹介すると言ってくれた。全くの元どおりにはならないが、うっすら筋が残る程度だろうと言ってくれた。

黒田は仁志のことを楓から聞いていたので、年末年始は一人でいるか、仕事だなと笑っていた。どのみち病院から急に呼び出しがあるということだろう。

結華は黒田と結婚しても、結局自分一人のことが多くて、渇ききった心が満たされることはないのだろうと思った。どうせ結婚など黒田には何の意味もないだろうし、これまで同様にいろいろな女を渡り歩くはずだ。きっと彼はそんな男だと分かっていても、容姿とスペックに強く惹かれる。そんな彼のそばにいて、自分は耐えられるのだろうか？

黒田のことは嫌いじゃないけど、颯真と一緒の時のようなときめきや、ドキドキした感じはなかったし、仁志のような広義な意味で彼氏にするならこの人という、絶対的な安心が得られるわけでもない。

言葉にすることのできない落ち着きが心地よかったが、これはきっと結華の求める愛ではないし、恋愛ではない。結華自身も自分が本当に何を求めているのか、本当は分かっていない。

一般的にいうセフレなのだろうと思えば落としどころとしては正解だと思う。黒田は結華に必要な快楽を与えてくれたし、黒田も楓以外の女性と金銭のやりとりなしで交わされるのだから、仕事のストレスも軽減されると正直に話した。別に悪い気はしない。だが結華は愛を求めていた。

即物的な会話ができるのも結華にはありがたいことだった。まどろっこしいのは嫌いだったから。


「結華ちゃんは顔に似合わず、情熱的だね。びっくりしたよ」

「そう思う？」

「うん、仁志君が羨ましいね。僕とこれからも本気で付き合う？」

ベッドの中で黒田が煙草を探しながら言った。

「本気で付き合うってことは、楓さんは？」

「彼女は同業者だから、単なる友だちだよ。聞いているだろうに」

さらっと言うが、単なる友だちで体の関係は持たないのではと結華は思ったが、大人の間ではそれもありということで口出しはしない。

「結婚したくなったら、また相談して。僕も考えるよ。ただ、こんな男でよければだけど。結華ちゃんはかわいいし、好きだよ。ギャップが激しくてスリリングだ。初めてだな、こんな女の子」

結華は黒田がとてもドライな性格なのか、男は三十歳くらいになると仁志のようにむき出しの愛を振りかざすことをしないものなのか、分かりかねていた。

そばにいてくれる人、的確に欲しいものを与えてくれる人、それは黒田だった。結華の求める男性像にほぼフィットした。愛なんて粘っこくて鬱陶しかった。


仁志から二十八日には大阪の結華の元に帰るとLｉｎｅがあった。結華は出版会社に辞表を出した。総務は不思議そうな顔をしたが、理由を言えば渋々受理した。代わりは他にもいるだろう。

もちろん仁志には会社を辞めたことを会うまで言わない。神戸に戻ろうと考えていることも。なぜだか神戸が結華の心に深く影を落とす半面、空気が合っていた。離れて初めて分かる。

それまでは嫌な思い出も楽しかったこともあった神戸が、苦しいと思うことのほうが多くて、大阪行きに希望を探した。だがそこには何もなく、孤独が増すばかりだった。息が苦しい。

結華は自分にとって我慢する幼少期がとてつもなくつらかった。広島を出て神戸の大学に来たのは新天地を求めてのことだった。

結華は、自分らしく思う存分羽を伸ばして生きたいと思う。自由な空気を胸いっぱいにためて、はためきながら毎日を送ること。もともと束縛はされていないが、より解放的な人生を手にしたかった。それができないなら、自分じゃないとまで思うようになった。

マリンが餌を欲しいとねだっている。

親は帰省することすら尋ねてこない。もともと好かれていなかった。今回の事件で親としての温度の低さでもよく分かった。お金を積まれて広島へ帰ってしまったことに、結華は少なからず傷ついた。こんなことされてと怒るわけでもなければ、刑事告訴するでもない。

結華は颯真を追い込んだのは自分ではないと思っていた。ひと時好きだった人、通過点という感じだろうか。いつか、仁志もそうなるだろう。

結華は猫缶を食べるマリンを撫でながら独り言を言った。

「まあ、いいか」

黒田の来た形跡を消さないと。時々煙草を吸っていたので匂いが残っているだろう。

アロマランプを焚《た》きしめてみたが、マリンがいるので窓を少し開けた。そこまで形跡を消そうとしていた結華は、仁志と楓の隠し事を知らずにいた。鏡から教えられ何となく想像はできていたが、そこまで仁志を悩ませていたとは知らなかった。楓が思いのほか仁志に固執していたとは思わなかった。

仁志を気に入っていたのは普段の会話から分かっていたけれど、そこまでとは。別にいらない、仁志にはもう飽きた。真面目なだけが取り柄の男はつまらない。今の結華の興味の対象は黒田だけだった。毎日でも会いたいが、会えないところがまたドキドキする感じに身を焦がす。二人の男のはざまで良いとこどりを探すのはあざといのだろうか？

「ただいま、久しぶり。傷はどう？　一年過ぎたね」

仁志は約束どおり、十二月二十八日の夜遅い時間に結華の部屋に帰ってきた。十時を過ぎていたが、結華は久しぶりの再会に少し心が浮足立っていた。仁志はどことなく大人になったように見える。痩せて少し精悍《せいかん》な感じに引き締まったようだった。

「嬉しい、待っていたのよ」

結華は背が低いので仁志の腰に抱きつこうとしたら、仁志はかがんで結華を抱きしめた。久しぶりの仁志の匂い、苦いお茶のような、懐かしい香りだった。

時間が遅かったのでロールキャベツを作って、明日にでも食べられるようにしておいた。

「食事にしましょう」

「いいよ、このままでいたい」

仁志は結華の髪を懐かしく撫でた。立ち上がり、廊下を進むとコートを脱ぎ、バッグを置くともう一度結華を抱きしめた。

「寂しかったよ、一度も帰れなかった。ごめん。もう金沢には戻りたくない」

ため息とも独り言ともとれる小さな声だった。

「一緒よ、私も一人で寂しかった」

マリンはみんな知っていた、それが嘘だってことを。黒田が何度かこの部屋を訪れていた。マリンの目にはみんな映っていたし、鏡もそれを映し出していた。

「あのね、話があるの」

結華はここで話すのが一番だと思った。仁志が感慨にふけっている時が良いと。

「どうした？　傷が痛むのか」

はっと体を離した。結華の左脇にそっと手を伸ばそうとした。

「違うわ、そうじゃないの」

「どうした？」

銀色の縁の鏡に映った仁志は後ろを向いたままだったが、その腕の中には楓さんがいた。目を閉じて恍惚《こうこつ》とした表情を浮かべ、仁志の肩に顎をのせていた。

「まさか」

結華は思わず声が出た。そんなこと、だから簡単に黒田を自分に差し出したのか。これは交換、シャッフルするということじゃないのか。あの人、楓さんは……。

「なに？」

「あのね、会社辞めようと思って。嫌な上司がいるの。だから。神戸に帰りたい」

「おい、子供じゃないんだ、よく考えたのか？　僕だって結華に会えなくても我慢して……」

そう、我慢して楓さんとどうなった？　嫉妬じゃない。案外バカにされていたのねと思っただけ。この鏡には少し前と、未来のことが映るはず。これからこうなるというのか。結華は少し安心した。まだ、未遂なのだ。自分は確信犯、仁志のことを非難できない。いや違う、自分がそう思っているだけで、この薄着は冬の服装じゃない、過去のことも映すというのか。

あの日、楓さんを送って行ったあと仁志は戻るはずが、そのまま寮に帰るとＬｉｎｅがあったではないか。その時のものなのか。結華は冷静だった。

もう一度鏡の前で抱き合ってみた。もうその様は何も変わらない。自分と仁志が絨毯《じゅうたん》の上に倒れ込むところしか映らない。結華は久しぶりの仁志の唇の感覚を確認した。少し焦って洋服を脱ぐことすら待てない様子の仁志は、結華の傷のことなど忘れているように覆いかぶさった。

いつの間にか、結華は黒田に開拓されていた敏感な部分が、仁志を待っていることに気が付いた。さりげなく手元の照明のリモコンを探すその手は押さえられた。

「ちゃんと見せて。傷、治っているか」

仁志はそう言いながらセーターをそっとめくった。赤みは少なくなったが、まだみみずばれの状態はそんな簡単に消えることなどない。嫌だ、そんな醜いものを見ないで。私を見てと叫びそうになった。我慢できず叫んだ。大きな声が部屋に響く。

「だめ！」

これだけは嫌だ、誰にも見せたくない。黒田は医師だからいいけど、仁志には。

仁志はリモコンを取り電気を消した。

「ごめん」

そうつぶやくと、仁志は傷に唇をそっとつけた。

「結華は何も変わっていない」

「ごめんなさい、こんな醜い……」

「僕が悪かった、許して。治っているのか気になって……」

仁志は首筋から胸の間までずっと唇を滑らせたあと、結華を抱き上げ寝室に運んだ。小柄な結華は仁志の手の中にあった。

ゆるい繭の中にいるような感覚で結華は仁志の肌を感じていた。乾いた背中はいつの間にか少し湿っていた。この体勢では傷が痛む、体格の良い仁志の骨盤が結華のお腹に当たった後のことは覚えていない。

きつく閉じていた気持ちが解放されると、仁志の高まりが結華の沼に深く沈み込んだ。黒田の絶妙な愛撫とは違う。本能のままに進み、結華の堅さをはじくことなく押し進むものを全部吸収しようとしている自分自身がそこにいた。

長く繭の中で揺られて頭までしびれた頃に、仁志はそっと結華の隣に倒れた。

「ごめん、傷、痛んだ?」

「少し」

結華は仁志の胸に顔を埋めた。息も切れ切れに仁志は結華を抱きしめた。

「長かった。会いたくて、頭がおかしくなりそうだった」

「仕事できてない、じゃない?」

結華は余裕で笑った。自分は黒田と浮気していたのだから平気だ。それより自分の体が黒田によってカスタマイズされていないか気になったが、仁志は何一つ分かっちゃいない。

「これから週末は帰るようにしようかな」

「無理しないで、話はこの後」

結華は自分から仁志の体に自分の肌をぴったりと合わせた。仁志のざらついた顎をそっと噛んだ。

「マリンみたいだ。アマガミするのか」

「久しぶりだもん。夜は長いわ」

結華は毛布をかぶり、仁志の肩に手を回した。

外はしとしとと小さい雨粒がベランダに落ちてきたようだった。きっと次に目が覚める時は仁志の腕の中だ。

もう、疲れたな。あれこれと男をコロコロと渡り歩くことを終わりにしたい。慣れ親しんだこの体臭も懐かしい。だが……。

だがきっと最後まで大事にしてくれるなんて保証はどこにもない、仁志の心も遷《うつ》ろう。その時、果たして仁志が自分を今と変わらず大事にしてくれるのか。人は変わる、変わらない人なんかいない。信用できるもの、確かなものなんてどこにあるのだろう。

結華は浅い眠りの中で仁志の寝息を子守唄にしている自分を確認した。つないだ手はここにあるのに、また休みが終われば この手は違うところへ行ってしまう、自分を置いて。

年末の忙しさをよそに、結華は仁志と数枚の年賀状をコンビニで買ってきてリビングで書いていた。結華は掃除も洗濯も好きではないが、できるようなふりをしていた。

病気にならない程度のきれいさであれば、人間生きていけるのではないかと。食事もコンビニでパックに入っているものをお皿に盛り合わせれば、それなりにきれいだし食べてもおいしい。

楓さんが料理上手だったので、最近教えてもらうようになった。黒田という男性をシェアしているのだから、姉妹みたいなものだ。結華には兄弟がいなかったので、黒田のことを入れても省いても、親しみ以外の感覚はなかった。楓さんもそう思っているから結華の部屋に来るわけで、それが嫌ならこんな何もできない女を友だちと思わない。初めに持ちかけてきたのは自分だが、彼女も嫉妬するくらいなら黒田を紹介なんかしない。このシャッフルを楽しもうとしているだけなのだ。

結華は特別賢いわけでもないし、馬鹿でもない。嫌みも言わない、皮肉屋でもない。どことなく年齢の割に幼稚な部分が愛されるところなのかもしれない。そう自分を演出していた。いわゆる第一の結華だった。時々出てくる本気の結華は第二の人格だったが、完全に分裂しているわけでない。結華が意識的に演じ分けているだけだった。

大晦日《おおみそか》には神戸に戻る計画を、コンビニからの帰り道で仁志に切り出した。

「結華はここには、楽しいことが何もないの。大阪は合わないみたい」

「で、仕事も辞めた？」

「うん、仁志が大阪本社の会社に行くから一緒にと思ったけど、仁志がいないから、ここにいるのはもう無理みたい」

結華は悲しそうな顔をして言った。鏡にはもうすでに年が明けて神戸に帰り、新しい部屋にいる二人が映されていた。仁志は背中を向けて座っているので何も見えていない。

「そんなわがままなことで、人生いいのか？」

「分かっている。でも、神戸に戻りたいの」

「楓さんがいるから？」

「うん、友だちなんてここにはいないもん」

「マリンがいるじゃないか、引っ越すのは大変だぞ。僕はどこに帰ればいいんだ？」

仁志は困惑した顔で言う。

「だって、金沢にいつまでいるかも分からないし、その次はどこに行くかも」

結華は悲しそうな声で訴えた。本当にそのとおりだった。

「じゃあ、結婚して一緒に行くか」

両手を固く組んで、まっすぐ仁志は結華を見つめた。

「嬉しい、けどまだ早いわ。仕事に慣れるのが一番じゃない？」

結華は仁志のプロポーズとも取れる言葉をそれとなくパスした。黒田がいる今では結婚なんて簡単にするはずなんかない。あの時とは違うと思っていた。あの時とは状況が違うことを仁志は知らない。私の体の変化にも気が付かないのだから、何も分かってはいない。

「じゃあ、他の方法があるのか？」

少しじれ始めた仁志は、こぶしに力が入っていた。

「怒らないで。神戸に来てくれればいいじゃない」

「なんで、神戸だ？　嫌な思い出のほうが多いだろうが」

「嫌なことはあったわ。逃げたかったわ、でも一人は寂しいの」

「僕は何もなかったら言わない、けど心配だ。また何かあったらと思うと」

「今度は楓さんもいるし、新しい仕事もきちんと行くわ。だから」

仁志は年末にごたついても気まずいだけだと、これ以上結華に意見するのはやめようと思った。

「そうか、じゃあ、もう僕に関係なく決めたみたいだから、好きにしなよ」

「怒った？　仕事で忙しいから言いたくなかったの、分かって」

仁志は思った。そうじゃない、立ち上がった時に体の向きを変えたら、鏡に映る結華と知らない男が映しだされていた。大きな声を上げそうなくらいびっくりした。なんてことだ、叫びだしたい気持ちを抑えた。男の顔は見切れている。だが、今のこの場面を映してはいない。

今は感情が高ぶっているので目がおかしいのだろうと思った。が、それは違った。次に結華はマンションの部屋を見ていた。楓さんも遠くにいた。なんだ、これは。仁志はわけが分からず、自分の社宅へ帰ろうかと思った。この鏡はおかしい。

「結華、この鏡、おかしくないか？　見てみろよ」

仁志が指をさすと、今の状況だけが映し出されている。

「仁志、あなた疲れているのね。ごめんなさい、私が悪いのね、せっかく帰ってきたのに。私がこんなことを言うから、混乱しているのよ」

涙をためた瞳で、立ち上がった仁志を結華は見上げた。

そんな顔をされたら、仁志はそれ以上怒りも驚きも口にすることはできなかった。

「分かったよ、まだ賛成したわけじゃない。ちゃんと僕が部屋を見に行くから、勝手に決めるのだけはやめてくれ」

「分かっているわ」

「それと、その古い鏡は好きじゃないな。ポピンズのだろ？　返してしまえば？　それか捨てたらどう？」

何とか口実を見つけて、足元に移動用の駒が付いている鏡を、仁志はリビングから出してキッチンの隅に後ろを向けて置いた。できるだけ鏡面を見ないようにしながら。

「マリンのトイレとケージなどを買った時に買ったのに。なぜ？」

「いや、この部屋に不釣り合いだと思って」

仁志は不気味なので何とか捨てさせようと思った。結華には何も見えていないのか？

「じゃあ、今度引っ越しをする時に処分するわ。それでいいでしょう？」

結華は、仁志が珍しく何も関係ない鏡のことにさえ怒りを抑えていることに違和感を抱いた。

もしや、仁志にも何か見えたのではないか。だから急に怒り出そうとしたのではと結華は困惑した。

しまった、まさか私だけに見えていると思っていたのに。神戸に帰る前に処分するか、しょうがないなと、結華はその鏡の力を失うことがもったいないと思った。だが仁志にも何かが見えてしまうなら、墓穴を掘りかねない。

仁志とここで揉めるのは好ましくない。もしくは神戸に行くと同時にそれとなく疎遠にして、別れるようにもっていくしかないのかと結華は考えていた。

最近会わない間にずいぶんと偉そうになった。そんな男に用はない。たかが鏡一つで。結華は命令されるのは好まない。二年も一緒にいたら十分ではないか。もともと颯真の代用だったわけだし。

転勤族の妻など、頼まれてもなりたくはない。そもそも単身赴任ならば結婚しても意味はない。帰らない夫を待つなんて面倒くさいことはする気がなかった。

でも、鏡を移動させている間に、仁志がどこかのビルの非常階段のようなところにいるのが映り込んでいた。彼は鏡を見ないようにしてキッチンに運んでいたのでそれを知らない。それとも、何かを感じたから見ないようにしていたのか？

お互いの腹の探り合いをするようになったら、男と女はもうおしまいだと結華は思った。

お互いの顔色を見ながら、大晦日の夜は暮れていった。

カップ麺にお湯を入れた。二人でそばを食べながら、テレビを見て明日は初詣に行こうと話をして十二時を迎えた。少し、ぎこちない時間が流れて居心地が良くない。

「明けましておめでとう。今年もよろしく」

二人は笑顔で微笑《ほほえ》み合った。それは孤独な魂が目先の幸福を失わないように、虚構の上に成り立った今にも崩れそうなおあつらえ向きの舞台だった。寂しさとはかくも美しい絵を描きたがる。

男と女はこんなにも噛み合わない。所詮、生き物が別物なのだから合うはずもない。なのになぜこんなにお互いを求め合うのだろうか。

複雑なものを全部取っ払い、言いたいことを言えば、誰もが一人になってしまうだろう。上手に隠す者は得るモノも大きく有益だろう。だが、そこに我慢する気持ちがあれば犠牲が生じる。仁志はその犠牲になっても結華を大事にしようと思うほど愛していた。

元日の朝、近くの神社に混雑を避けて出かけたあと、おとなしく部屋で二人がのんびりしていた時、楓さんから結華のスマホにＬｉｎｅが来た。

それは新年の挨拶だった。仁志が来ていることは承知の上だったので、邪魔をしないように楓さんは気を利かせたつもりだった。が、仁志と楓さんが密かに裏でつながっているのではないかという疑惑が鏡に示されていたことで、結華は嫉妬ではなくて、どうして自分に内緒にしているのかということに苛立ちを感じていた。

はっきり言ってくれればよかったのに。黒田を貸してあげる代わりに仁志を借りてもいいかと。そうしたらこんな気持ちにならなかったのに。

でも、そんな気持ちを押し殺した。せめて正月くらいは仁志と仲良く過ごそう。コンビニで予約しておいたおせちを食べながら、ネットで神戸のマンションの物件を二人で探した。

まるで新居を探すようだが、実はもうすでに楓さんと黒田の三人で大体決めていた。だが前日の諍《いさか》いからも分かるように、自分だけがのけ者みたいに拗《す》ねてしまう仁志に気を遣い、それとなく自分からここが良いと思うと結華は誘導していった。

神戸には仁志が休みの間に直接見に行こうということになった。結華は次の職場のことはさすがに言えなかった。ただ、颯真の弁護士樺島から支払われた金額を初めて言うと、仁志はひどく驚いた。

だが颯真の家庭のこともよく知っていたので、書類送検だけで終わればこれもありだろうと仁志は考えたようだった。

「颯真はあの後どうしたんだろう？」

「弁護士に最後に病院で会った時は、入院治療の後は海外で療養すると聞いたわ」

結華はあのとき病院で起こったあれこれを、何も言わなかった。完全に颯真に勝ったつもりでいる仁志に、あえていらない情報を与える必要はなかった。

結華は樺島から颯真が近いうち、春には一度帰国するかもしれないということを聞いて知っていた。結華は完全に颯真を切ったりしていない。結華はあらゆる可能性を模索している。誰にでも陥りやすい一刻《いっとき》の間違いを許すつもりはある。ただ、根本的に頭の悪い顔だけの男だが、慰謝料を名目に、搾り取れる限りは金銭を引き出したいと考えて残しておいた。

あの時はああいう仕打ちをするしかなかった。結華は一刻の感情であのような仕打ちをしたのではない。すべては颯真を強く立ち直らせるためだと、樺島に後ほど電話で告げていた。

どうして真剣に男を愛することができないのだろう。欲しいと思う気持ちがあっても、慣れてしまうと飽きてしまう。

それは本当の母親の愛情を知らないからだろうか？　それとも父が言うように、私という子供を置き去りにして男と駆け落ちしてしまうような女の娘だから？　きっと、それであんな鏡に憑依《ひょうい》されてしまうのだと思う。次々と男を惑わせて捨てて行く自分に終わりがあるのか、鏡は教えてくれるのだろうか。

黒田医師は今となれば仁志よりも好きだ。というよりも、新しい男の体を自分の体が求めているだけのことだと知っている。

悪いけれども、仁志には刃傷沙汰になる前に早く消えてくれることを望んでいた。そんな自分が悪魔のようだとも思わない。自分の母のしたことが本当かどうか、母の口から本当のことを聞くまでは、簡単に父という男の言うことを信じてはいないからだ。もう気持ちがない男と一緒に過ごすことは、二回目だが息をするのもしんどい。

自分から言えばいいだろうか、楓さんとの関係を知っていると。それとも黒田と自分の関係を話せば、嵐のように怒り狂って自分の前から消えてくれるのだろうか……。


結華は前に住んでいたマンションの近くにある神社に参拝した。時々は楓さんや黒田と一緒に港公園などに行ったりしていたが、仁志を伴うのは一年ぶりだった。

仁志はあれほど嫌がっていたくせに、神戸に戻ると友人などに会う約束をしていた。大学の友人もバラバラになったが、帰省している者も数名はいた。その前に賃貸のマンションを決めようと、ネットで予約していた物件を三件ほどはしごして、結華は自分が目を付けていた物件で仁志を納得させた。

前のマンションとは違い、高層でオートロックがあることが決め手だった。結華には仕事による収入よりも、示談金でしばらくの家賃が払えると思った。それでも仕事も決まっているわけで、家賃も払えない金額ではなかった。

中華街のはずれにあり、楓さんや黒田の勤めている病院にも徒歩で十五分ほどの距離だったから、仁志も納得した。今まで女性の友人とは長く続くことがなかったので、楓さんとの相性がいいのだなと思っていた。

仁志にも秘密があった。自分が楓に誘惑されたことは、絶対に言うはずもないし、楓も一回だけと言うから連れ立って話をすることにしたのに。結華のことが嫌になったわけじゃない。だが駅まで送るはずがカラオケに行き、そのあと飲みに行ったのが悪かった。

仁志はあまり酒に強くない。目が覚めるとどうやらそこは楓の部屋だった。まさかとは思ったが、楓は勤務で病院に出かけていなかった。これは事故だ、何もなかったよなと思いたかったが、そのあと結華のマンションで出会った時に、こっそりと、

「案外すごいのね」

と耳打ちされてしまい、気が遠くなった。尻尾を踏まれた仁志は、もう逃げることなどできなかった。金沢に彼女が休みの日に出てくることもあり、たびたび体を交わした。

それは結華に内緒にするための担保であり、別に邪険にするほど悪い女でもない。楓には結華にはない洗練された美しさと物分かりの良さがあり、一緒にいても悪くはない。さっぱりとした女だ。

結華のことは何も聞かないし言わない、楓は何も要求しなかった。ただ、結華に告げ口されたくなければそれを受け入れることだけ。楓は男女の成り行きにはかなり慣れていた。仁志の弱点を的確についてきた。結華は口に含むことは決してなかったが、楓は平気で何のためらいもなかった。今までになかった快感に、いつしかそれを心待ちにしている自分に気が付いた。

結華に悪いことをしているという気持ちがないわけじゃない。よりによって結華の友人

とことんなことになってしまった。でも風俗の店に行くのと変わらない、そう楓が言うから、背徳の気持ちを封じ込めるためにその誘惑にいつも負けてしまっていた。

「金沢は一度来たいと思っていたから、嬉しいわ」

楓はそう言いながら月に数回は訪れて、一人で観光して帰って行った。そのたびに仁志は結華にどんな顔をして会えばいいのか分からなかった。いっそ結婚してしまえば、もう楓が来ることもない。結婚という大きな縛りの中に逃げ込むことができれば、楓にばらすと脅されることもないかと。

どんなに避けようとしても、結華は楓と友人だったし、マンションもこんなに近いところに決めてしまった。このままこんな関係を続けることは仁志にはできそうもなかった。颯真から結華を奪い、今度は自分が結華のことを裏切る。どんどん罪が重なっていく。変な鏡の中の幻想まで。仁志は頭がおかしくなったのではないかと思い始めていた。自分がしていることを棚に上げて結華を疑うとは。

結華はすべて引っ越し業者にしてもらうので心配ないと言った。傷が癒えたように思われるが、あまり無理はしないようにと念を押した。

何も知らない結華の屈託のない笑顔は、ますます仁志を苦しめた。このままではいけないと思いながら、見送りをする結華に手を振った。気持ちだけはどんよりと重かった。

末永はポピンズに行くために自宅を出た。石塚から格安で譲り受けた原付バイクでずいぶんと仕事場までの時間が短縮されたし、ポピンズに行くにもたやすくなった。

神戸は坂道が多い。今まで自転車か徒歩だったから正直つらいと思っていた。佳恵は京都の慎吾のところへ年末から行って留守だったので、気楽な毎日だった。

夫婦という他人の男女が同じ家という一つの括《くく》りにいるだけなので、苦痛だったからある意味ありがたかった。京都には末永も佳恵も行ったことがない。佳恵は初めての京都での年末年始の風景やしきたりなどを垣間見ることができるかもしれないという期待と、大事にしてきた息子が遊びに来ないかと声をかけてくれたことに、とてもはしゃいでいた。というか、それを心待ちにしていたというのが正しかったのかもしれない。自分とは他人で顔を合わせても楽しくもないだろうが、自分が産んだ息子とは血がつながっているので、一緒にいるだけで幸せなのだろう。コンビニの一人用のおせちが冷蔵庫に三十日から入っていた。

末永はお金がかかるから車で送ろうかと言ったが、パートの時間給が上がったので新幹線を予約したと言った。どのみち軽自動車ではきついと思ったし、会話もないので狭い車内に二人でいることさえ苦痛だと思ったのだろう。

息子のマンションに滞在すればホテル代金もいらない。京都の風情を楽しむことも悪くない。

「俺は留守番をして、四日から介護センターへお年寄りを送迎するから」と、聞いていないだろうが、佳恵の背中に話しかけた。

普段は会話もなかったが、「行く前には戸締まりと火の始末だけはしてください」と言葉をかけられた。

珍しく「気を付けて」と優しい言葉を残し、美しく身なりを整えた佳恵は小さなバッグを持って出かけて行った。それは十二月三十日のことだった。いつ帰るのかも聞いていないので、ゴミ出しをして部屋の掃除をした。いつもは入れない佳恵の部屋に入った。

沈丁花《じんちょうげ》のようなほのかな香り、いつもは芳香剤の匂いしかしない古いマンションの部屋の鏡台の上には、見たことのないようなきれいな化粧品が並んでいて、新品らしい洋服が数点、欄間にかかっていた。いつの間にこんなに金回りがよくなったのだろうか。息子の塾の費用のほとんどは佳恵が工面してくれていたので、その分のパートの報酬が余ったということなのだろう。

新幹線のチケットだって、ポピンズで安く買ってやろうと思ったが、佳恵はネットで予約したと言った。鏡台の引き出しをそっと引くと、細いがダイヤをちりばめたようなリングや、少し若い感じの髪留めが入っていた。光るものはきっと本物じゃない、ジルコニアかなんかだろう。こういうものが欲しかったんだ。やはり佳恵は女であることを封じ込めて家庭を守ろうとしたのだと感じた。

その間に俺に何ができただろう、学費は所得が低いので免除、家賃も低所得の市営住宅という体たらく。心底、佳恵に対して申し訳なかったとため息をついて、窓の外を見た。この殺風景な風景を見て、佳恵は何度ため息をついただろうか。

末永が佳恵の古い洋服ダンスを恐る恐る開くと、今までのおばさんのような服は袋に入れてしまって隅に追いやられていた。よく考えればまだ四十四歳の佳恵は、見送った時も美しかった。慎吾のためにずっとパートをしていた時は、なりふり構っていなかった。見たことのない上等そうな洋服が引っ掛かっていた。Gパンやトレーナーなどは普段着としてかりそめに置いてあるだけだった。

知らない間に佳恵は、末永の手の届かないところに一人で歩き出したようだ。

俺だけが今までの場所に一人だけでいる。孤独でもない、孤独のもっと先に俺は立っている。

末永は人のいる場所へ行こうと思った。だが、どこもみんな家族や友人でいっぱいで、笑顔の人たちの中に行けば惨めさが増すのだろう。おとなしく、面白くもないテレビ番組を見ながらゴロゴロするのも悪くないなと思い始めた。

結局、知り合いといえば一人しかいない。リサイクル・ポピンズに行けば、石塚さんがいるだろう。スマホを出して電話した。

「今日、お店は休みですか？」

「ああ、棚卸っていう名前の大掃除だよ。暇ならおいでよ、埃だらけだけどね」

不愛想な物言いだが、怒っているわけではない。これが石塚の話し方だ。

「家に誰もいないから、することもなくて」

末永は涙が出そうになった。

「あれ？　息子さん帰ってないの？」

石塚は何となく分かっていた、どうせ彼が一人だろうってことが。

「はい、京都に行ったことのない母親を、息子が招待したみたいです」

「おお、それは親孝行だ」

のんびりとした石塚の声がありがたかった。

「自分に似ていない、孝行息子ですね。自分は四日から仕事ですけど、それまではすることなくて」

「俺も一人だから酒でも飲もう、おいでよ。バイトの子、呼ぼうと思っていたんだ。忘年会みたいな感じ、にぎやかに過ごそうか」

茶髪のお兄ちゃんたちもいる、にぎやかな場所が温かそうに感じた。三万円で買った原付バイクでいつもの道を十分ほど行くとコンビニが見えた。ビールやおつまみなどを買うとポピンズに向かった。

その場はもうすでに宴会場のようになっていた。女っ気は全くない。店の机や椅子に布をかけて、今どき珍しい石油ストーブが二台もついていたので、広いバックヤードは夏のように暖かだった。

「これ、差し入れです。つまらないもんだけど」

「末永ちゃん、参戦！」

石塚は自分の隣にある椅子を指さした。厚手のジャンバーはここで買ったものだ、そっと脱ぐと隣の茶髪の子はすでに半袖だった。

「末永さん、お酒とか飲めるんすか？」

「うん、ちょっとだけなら。一口飲んだら倒れるやつ」

「真面目だからね。この人」

末永の肩を叩いて石塚が言った。無骨な大きな手だ。

「今日は忘年会ですか？」

末永がびっくりするような、大皿のオードブルや寿司が並んでいた。

「いつもの怖いお兄さんが、さっき持ってきたんすよ」

ピアスの男の子はそう返事して、小皿と箸を渡してくれた。案外優しい子だ。

「そちらのお兄さんはビール飲めるの？」

「俺たちまだ十八歳なんで、ムリっす。飲めるけれど、どこかで間違いがあると石塚さんに迷惑をかけるから、飲まないようにしています」

「え？　うちの息子と一緒なんだ」

「おー、そうなんすね」

末永は慎吾の顔を思い出した、もうずいぶん会っていない。どうしているだろうか。俺は息子にも見放されたのだろうか。元気であればそれでいい。自分のような人間には過ぎる息子だと思う。この青年たちの笑顔だけで十分元気になれる。

「原チャリで来たら飲めないですよね」

茶髪が聞いた。そうか、バイクで来たら酒は飲めないなと末永は思った。

「泊まれば？　家に誰もいないでしょ。明日の朝帰ればいいじゃない。俺しかいないし」

石塚は小さい声で言った。

「だめですよ、留守番しろと嫁さんに言われたから」

「真面目！　この人、面倒くさいね」

若い子に囃《はや》し立てられた。散髪にも行かない髪を掻《か》いた。いつもの顔ぶれに腹も立たない。

そうだ、大学のあの時も、こうしてあの三人とわいわいと騒いでいたな。懐かしい、こんな気持ちになるなんて。

脱いだジャンバーの中で末永のスマホが鳴っていたが、騒がしいので気が付かなかった。着信は慎吾からだった。あとで分かることだが、佳恵がまだ着かないが何時の新幹線なのか教えてくれと聞きたかったのだ。メールが読まれるのは深夜になるが、母親に連絡がつかず慎吾は苛立っていた。

流される女

佳恵はその時、藤井の車で京都に向かっていた。

高速道路を走っていたのでスマホはバッグの中で、慎吾からの着信にも末永からのものも気が付かなかった。佳恵は気分が高揚していた。こんなふうに楽しい時間はかつてなかった。ラジオを聴きながら車は高速道路を走行していた。

藤井は十二月に新車を購入したので、どこか遠出に行きたいと言っていたので、佳恵の京都行きに運転手をしたいと笑って申し出たのだった。

佳恵はずっと、何かに追いかけられているような焦燥感があった。きっと金銭的なことだった。それ以外の何物でもない。

慎吾が生まれた時も、末永がまた仕事を辞めた時と重なり、金銭的にも気持ちも不安定だった。末永は自分のことしか考えていなかった。むしろ、何も気が付いていなかったと思う。

その状態が去年まで続いた。

今、藤井というパトロンを得た佳恵は高級外国車の助手席に乗り、京都への道中、サービスエリアに降り立った。藤井は会うたびに百貨店の袋に入った洋服を差し出した。お金ではいやらしい感じがすると思ったのだろう。佳恵は夫からプレゼントをもらったこともないので、すぐに手を出して良いものか躊躇《ためら》っていると、いつも押しつけられた。

百貨店の値札は切ってあった。店員に見立ててもらったと思われたが趣味は悪くなかった。きっと妻が長くいない生活だったのでプレゼントをしてみたいと思っていたのかもしれない。佳恵は二回目からはそれを嬉しそうにもらい、そっと自宅に持ち帰った。

今回は毛皮みたいに見える、フェイクファーのショートコートだった。サービスエリアは高い場所にあり、薄い茶色のファーは風に揺れた。ウインドウに映る自分はもう今までの自分ではない。

「自分に見とれているの？」

藤井が少し笑ったあと、お菓子を買った袋を手渡した。これは息子さんへの土産だと言った。

「まさか、そんな。すみません、いつも。食事代も払ってもらって」

「ええやん、あのうどんの店の売り上げが好調だから、あんたのおかげや」

「このコート暖かいです、こんな寒いのに、風も通さないし。ありがとうございます」

「なんや、他人みたいなこと」

「だって……」

「女の人と一緒にいたら、なんだか気持ちが若くなって元気もらってる。誰にでもこんなことをしてるんじゃないから」

「ほんと、ですか？　でもこんなに良くしてもらっていいのかな」

「いつか、一緒になれたらいいけど。佳恵さんのこと、好きや。思っているのは前も言ったよな。あ、ごめん。息子さんのところ行くのに」

「今はまだ、考えられません。息子にだけは嫌われたくない。離婚もしていないのに。成人するまでは、就職するまでは……」

「待ってるで。それまでは僕らのことはビジネスパートナーでいいかなと思う」

佳恵にとって口当たりの良い言葉だが、ただの不倫相手だってことは十分すぎるくらい分かっていたので顔を伏せた。十歳ほど年上の男の援助を受けていると慎吾が知れば、汚らわしい母親だと思われることだけが嫌で、それ以外何も問題なかった。

車内で言葉が少なくなり、はしゃいでいた佳恵はバカな女だと自分を責めた。自分はけがれている。軽薄な女に成り下がった獣のような女は、息子にどんな顔をして会えばいいのかと少し重い気分になる。

「あんたが悪いわけじゃない、旦那の甲斐性《かいしょう》がないだけ。あるところから金を引っ張ってくるのはあんたの器量、常識的なあんただから、俺は惹かれる。ただのやりマンなんかどこにでもいるわ。そういう女は、もういらない。飽きたわ、そういうの」

眼下に見える車のライトに目を細めながら藤井は見ていた。

「でも私、藤井さんの愛人であることに変わりはないですよね」

「自分を責めたらあかん。少し深いトモダチ、ビジネスパートナーや」

「そうでしょうか……」

「そう思えば、いいやんね」

確かに、給料をもらい仕事をしていることに変わりはない。マネージャーとしての報酬は出ていない。他のパートよりも少し多いくらいだった。その分、洋服や食事などを奢ってもらっているということなのだろうと思えばいいのだ。

ジルコニアの指輪にしてもパートの給料で買ったものだし、結婚して初めて自分にご褒美を買った。慎吾がいなくなり、寂しかったからで、ぽっかりと開いた心の隙間を埋めるため。まだ指に着けたことはない。

藤井の言った自分にしかない魅力が何なのか、佳恵は見当もつかなかった。ただ愚直なまでに家庭を守ってきただけの女じゃないか。スタイルがいいわけでも、話が面白いわけでもない。かつ丼や定食のパートのおばちゃんのどこが……。

三十日は藤井と京都見物をしたあと、慎吾のマンションに行くつもりだった。末永はそんなこと知りやしない。それでいい、みんなが幸せな気分でいられる。新年はもうすぐそこまで来ているのだから。

慎吾の学生マンションの前に差し掛かる手前で、佳恵は藤井の車から降りた。ファーのコートは着たままで、慎吾の部屋のベルを押した。

「おかん、何してたんや」

「ごめん、スマホの充電器を忘れたんよ」

それは半分嘘で、充電器を持っていないのは本当だった。

「心配した、どこにいるのか。初めての遠出だったし、何かあったのかと思った」

慎吾の不安そうな顔を見たら、佳恵は涙が出た。

「ごめんな」

「怒ってないから、何やねん、泣くなよ。こんなところで」

慎吾は部屋に佳恵を押し込んで、ドアを閉めた。部屋はさっぱりとして佳恵がしつらえたまま、キープしてあった。意外だったが、真面目に自分の生活を送る息子の姿を見て、逞《たくま》しくなったなと佳恵は感慨深かった。大事にしていた息子に会いたかった、泣くほど会いたかった。気持ちは溢れているのに、まともに顔が見られない。

「きれいにしてるなあ」

「大掃除したんやで」

ティッシュの箱を渡しながら、慎吾は母親の荷物をリビングのこたつの前に置いた。

「京都は冷えるわ。こたつをバイト先の卒業した先輩から譲り受けた」

きちんとした身なりで、散髪にも行っているようだ。ベランダにもGパンやトレーナーが佳恵の干したように掛かっていた。いつの間にか見て覚えていたのだろうか。

「みんなと仲良くやっているの？　友だちできたんか？」

佳恵がこたつに足を入れると足先がじんじんした。今日はストッキングだけで、ソックスを履いていないから足が冷えていた。

「ああ、たくさんいるで。京都の人はみんないい人ばっかり、もっと遠くから来ている人も多いから」

慎吾は母の顔をじっと見て言った。

「京都駅の近くは便利や。新幹線降りたらタクシーでワンメーターだからね」

慎吾はお土産の袋を開けていた。あ、まずい、高速のパーキングエリアの名前が書いてある。

「これ、どこの饅頭《まんじゅう》？　おいしいな」

いきなりパクパクと食べていた。気が付かれる前に袋をくしゃくしゃにして台所に立った。お茶でも入れて一緒に食べようと佳恵は考えた。ゴミ箱にそっとナイロン袋を捨てた。

「お母さん、その服ええな。どうしたん？」

「これか？　偽物の毛皮、フェイクファーのコート。パート先のおばさんからもらったの。サイズ間違えたから、あんたに似合うやろって。三千九百円だっていうから、買い取らせてもらったんよ」

そっと脱いでキッチンの椅子に掛けた。

「それは、もらったとは言わないよ。押し売りや。でも少し見ない間に、ふっくらしたな、別人かと思ったわ」

「そんなことないよ、新しい讃岐うどんの店長に応募して時間給が上がったから。昼は毎日まかないうどん食べているし、太ったから顔が丸くなったみたい」

「前のところ辞めたんか？　無理しないで。バイトして自分で何とかするから」

そんなことといいよと言いながら台所を見回すと、今まで何もできなかった子なのにきれいになっていた。

「彼女でもいるの？　すごくきれいにしている」

独り言のように思ったことがすらりと口から出た。

自分がしていることを棚に上げて、息子のことに干渉するのはどうだろう、狂っているのかもしれない。いるかどうかも分からない息子の彼女に嫉妬するなんて。

「いない、いない。それよりお父さんは元気？　また仕事変わった？　これで何回目かな」

慎吾は笑いながら言った。

佳恵はほっとした。

「元気。今はタクシーの会社だけど、介護や観光ガイドみたいなことをしてるみたい。あれでも大学卒業しているからね。英語が得意らしい、本人が言うには」

「へえ〜。英語が得意だったんだ、知らなかった。でも大学出て普通に会社勤めをしていれば、年収は普通に五百万くらいあると思うけどなあ。あの歳なら」

「あの人、昔からメンタル弱いの。転職ばかりで。震災で人生が変わった感じだからしょうがないわ」

佳恵はもう、末永のことは話題にしたくなかった。暗くなるから。

「……そうか。生きるってつらいことやから」

「そうね、生きるってしんどいね。でもあんたはこれから楽しいこともしんどいこともあると思うよ。今はここでちゃんと勉強してよね」

慎吾は大学生になると少し大人になったようだった。文学的な言葉に佳恵は驚いた。

「僕みたいに優しくしてあげてよ、お父さんにも」

佳恵はドキッとした。藤井と不倫関係にあるのが見透かされているようだ。

「あの人、心に高い塀みたいなものがあって、本当の姿を見せないで逃げてばかり。つまらないのよ。いくら打っても響かないみたいな」

「でも、僕がこのまま京都に残って就職したら、お父さんと二人になるよ」

「だよねえ」

「お父さんはそれなりに頑張っているとは思うけど、お母さんがそう思えないのは何となく分かるし、でも不器用な生き方しかできない人だけど、しょうがないじゃないか」

「うん……」

「それを認めることができないならしょうがないね。僕が言うことじゃないかも」

慎吾は少し背が伸びたのだろうか、サークルで山に登っているという。表情も優しく温和になった。いつまでも子供だと思っていたら、母である私に、こんなことを言うなんて、少し驚きを隠せない。

佳恵は慎吾がこんなに両親のことを心配しているのに、なんてことをしているのかと恥ずかしくなり、藤井との関係を解消しなければならないのかと不安に苛《さいな》まれる。

大晦日になり、八坂神社の初詣に二人で出かけた。たくさんの人たちが寒風吹くなかお参りにやって来ている。石段を上る途中で慎吾と離れそうになった。夜の遅い時間から、元旦の零時をまたいで参拝する時に、翌朝のお雑煮を煮る火床《ひどこ》の火をもらい受けることから始まる京都の一年の始めを、慎吾は母親に見せたいと思っていたのだ。

「お母さん、どこ?」

あまりのたくさんの人と暗闇が、親子の間を引き離す。

佳恵は慎吾の背中を見失った。一人になり雑踏の中で押し上げられ上まで行くと、慎吾が笑って白い息を吐いていた。

「ここだよ」

「ごめんね」

佳恵は思った、ここが自分の居場所なのかもしれないと。息子の笑顔を見ていると、帰りたくないという気持ちが強く胸を締め付ける。神戸を出て京都に住むのも悪くない。働くことは嫌いではないし、体を動かすことには慣れている。藤井や夫からも離れて、慎吾のそばで新しく人生をやり直すことが、自分にとっても末永にとっても良いことなのかもしれないと。

元旦から親子でお雑煮を作り、テレビを見てのんびりしていた。久しぶりに弾む会話と愉《たの》しい食卓を囲む。慎吾の笑顔をずっと見ていたいと思った。京都で自分ができる仕事はないだろうか、などと聞けば、きっと慎吾に笑われるだろう。

男の慟哭

夫は、介護の送迎の仕事が四日からあると言っていたようだった。京都に長くいても迷惑だろうから、佳恵は神戸に帰りパートに出ようかと思っていた。京都は古くて少し陰気だし、冬の寒さがとても堪える。

パートの実質的な仕事は男性のチーフが全部やっていた。店は年末年始も休みはなかった、だが藤井からは京都でのんびりと過ごしたらいいのではないかと言われていた。わずかだけれども白い封筒を渡された。その厚みから、中にはきっと二十万円ほどが入っていると思われた。

そんな極めて甘い仕事で、七万円の給与をもらっていた。当然、周りのバイトやパートとは違う業態だと言うことはできなかった。時々手伝うくらいで、うどんを茹《ゆ》でることも、どんぶりを洗うことも役目ではない。今は機械化で全自動だ。あくまでもトラブルや混雑がひどいとき手伝うだけ。

周りもそろそろ気が付いているかもしれない、オーナーとの関係を疑う者がいてもおかしくはない。チーフの吉住などは露骨に嫌な顔をしていた。

佳恵は京都を三日の夜に後にすることにした。慎吾がチケットを取ってくれたので神戸に帰ることにした。末永は一人で過ごしているはずだ。慎吾が、かわいそうだから早く帰るようにと勧めた。これからのことを考えるには少し時間が必要だと思っていた。

京都駅はとても混雑していたが、慎吾がいつの間にかお土産を買ってくれていた。紫色の紙袋を渡してくれた。ちょっと重い。

「また来てね、次は四月の桜の時期かな。きれいだから、ほんとに来てよ。いい場所探しておくからね。お父さんと一緒に」

佳恵は胸が詰まった、熱いものがこみ上げた。慎吾にとって父親は末永しかいないのだ。目頭を押さえて座席に座り、窓から手を振った。ほぼ定刻に新幹線はたくさんの乗客を乗せて京都駅を出た。

佳恵は新神戸の駅で新幹線を降りると、まっすぐ家に帰る気がしなくなってきた。

あれだけ慎吾にお父さんを大事にしてと言われても、佳恵にとっては気詰まりのする相手でしかなかったからだ。せっかくの息子との楽しかった時間が、末永の鬱陶しい顔を見たら台無しになってしまう気がした。

だが、明日から仕事だという末永の、気勢をそぐような態度も取りたくなかった。嫌な顔をする妻を末永も見たくないだろう。

スマホを出して藤井に連絡しようかと思った。いや、それはダメだ、家に帰ろう。あれだけ息子に言われたではないか。ましてこの一月はあの震災の……。

気を取り直して電車のホームに向かい、そこから電車の中でお土産を持ち直して末永に電話をした。

『今ひま？　悪いけど、神戸に着いた。もうすぐ御影山手に着くから、よかったら車で来てくれる』

『ああ、いいよ。すぐに家を出る。時間は約束できないけど』

『ありがとう、助かるわ』

佳恵はこれでいいのだと自分を褒めた。末永がこれで少し変わってくれればいいのにと思っていた。自分だけが犠牲になっているという思いこみはやめようと考えていた。もちろん藤井とのこともやめるつもりはない。藤井もそれを望んでいないのだから。

駅のバスターミナルで少し待っていると、古い軽自動車が入ってきた。末永は嬉しそうに笑っていた。頼られたことすらなかったので、末永は戸惑いながらもありがたく迎えに来たのだった。佳恵も軽く手を振った。荷物がとても多かったので、後ろの席に放り込むとそのまま後部座席に座った。

「忘れ物はない？」

「ええ、何も」

十五年くらい乗っている古い車は、ガタガタと坂道を登って行った。タクシーでもよかったが、三が日の夜に空車はないだろうし、末永はタクシーの免許を持っているので運転は他の人よりもうまいから、すぐに来ると佳恵は思った。高級外国車とは雲泥の差だったが、運転のうまさは格段に違う。でも、運転手の仕事だけでずっと食べていけるほど、世間は甘くない。

「京都はどうだった？　慎吾は元気だったか」

運転しながら佳恵に尋ねた。

「寒いわ、京都は。あまりにも寒いので外に出なかったの。一度は住んでみたい場所だけど、あの寒さはムリ」

また嘘をついた、本当は住んでみたいと思っていたくせに。

「そんなに違うか？」

「地面から冷たいの。なんていうのかな、絨毯を敷いていてもコンクリの上に座っているみたい。靴下を二枚履いても足が冷たいな」

「それは嫌だな、寒いのはキツイ。慎吾は強いな」

「すっかり馴染《なじ》んでいたわ」

「それはよかった。僕は大学の時に友だちを全部失くしたから……。つらい思い出しかない」

佳恵は何の変哲もない普通の会話の中に、初めて聞く話に驚きを隠しきれなかった。

そのあと沈黙が続いた。どちらも何も話すこともなく、慎吾の暮らす学生マンションよりも古ぼけた自宅マンションに到着した。慎吾が幼稚園の時以降、同じ車に乗ることも、昔の話をすることもなかった。

佳恵は自分の荷物と慎吾の買ってくれた京都のお土産を、そっと大事に持って車から降りた。

「この車も買い換えないと。中古で五十万円くらいの探してみる。次は慎吾の学費は何月だった？」

「知らないの？　入学金だけで学費は優秀成績で免除なのよ。試験の結果次第だけど」

「ああ、そうなのか」

二階まで歩くと、角の部屋に住まう末永が鍵を出して差し込んだ。

まだ暖かみの残る部屋に佳恵は帰ってきた。やはりこの人とは一緒にいられないかもと思った。報告しないと分からないのか、今の収入で貯金は二百万ほどしかないということも知らない。自分の年収から考えて赤字にならないほうがどうかしている。

慎吾が言った、普通に勤め上げていたら年収五百万円ほどあるということも常識として知らない。大学時代の友人との付き合いがないから比べることもできないのか。もうすぐ五十歳になろうというのに、五十三歳の藤井とは大違いだ。比べてはいけないが比べてしまう。

「これ、慎吾がお父さんにお土産だって」

「京都か、一度だけ行ったことがある。苗村っていう友だちと、おいしいラーメン食べに行った」

フェイクファーのコートを脱いで、佳恵はハンガーにかけた。洋服も脱いで、トレーナーとジャージに着替えた。バッグから着替えも出して、全部まとめて洗濯機に入れた。

末永は小さいリビングのファンヒーターの前でお土産の箱を開けて、佳恵に言うでもなく、一人で窓のほうを向いて話していた。

「でも、あの震災で苗村も、平田と樫内も、俺のアパートの部屋で死んだ。俺はコンビニの深夜バイトでそこにはいなかった。俺が麻雀しないかと誘ったんだ。だから三人とも俺が殺したも同然だ」

佳恵はハッと振り返った、饅頭を半分に割って食べていたが、夫の視線は窓の外だった。

「あの日地震が来て、バイクで急いで俺の部屋に戻ると、二階建ての建物はぺしゃんこになっていた。それでもあいつらを探しに行ったけど、裏から火の手が迫ってきた。それ以来いつまでもあの三人とは連絡が取れない。きっと俺が帰るのを待っているんだよな」

「あんた、何を言っているの。今更」

「俺さ、一人だけいい成績を取ろうと、教授からレポートの提出期限を聞いたのに三人には言わなかった。だから最終期限の直前になって俺のレポートを見ながら三人でやろうということになって。それが終わったら麻雀しようって」

「ねえ、どうしたの！　それがなんだっていうの。震災はあんたのせいじゃないでしょ」

佳恵は怖くなって止めようとした。

「ああ、地震は。でもあいつらの住んでいたマンションは壊れなかった。別々にいたら助かっていた。俺のアパートが一番古くて倒壊してしまった。なのに、俺は、俺だけが自分のアパートにいなかった……」

その目に涙がたまって今にも溢れそうだった。正月の夫婦の会話としてはふさわしくなかった。

「もう、やめて。しっかりしてよ」

「だめだなあ、いつまでたっても転職ばかりして、ロクに金も稼げない。だめなやつだなあ。あいつら向こうで笑っているだろうな」

佳恵はもう何も言わずに、そっとお茶を入れて風呂を沸かした。台所のゴミも全部ベランダに出してあった。洗濯ものもみんな畳んであった。冷蔵庫のおせちは手を付けていなかった。

この人は壊れてしまったのだろうか。すでに饅頭は三個目だった。一体何を食べて過ごしてきたのだろう。炊飯器を使った形跡もなかった。

「なあ、どう思う？　俺は人殺しだよな」

やっと佳恵のほうを向いて寂し気に尋ねた。

「違うよ、私もお母さんと妹が震災で死んだわ。結婚する前に言ったわよね。お父さんはそれがつらくて病気で死んじゃった。あんたの友だちのことも、たまたま悪い偶然が重なっただけ」

「でも、俺だけ生きているのはおかしいと思う。時々思い出す。あいつらの笑顔を、声を」

「だから！　あの時から時間が止まっているのよ。でも私たちは生きていかないとだめなの」

佳恵は、この人は食べていないから頭がおかしくなっているのだと思い、袋のラーメンを探して手早く作った。冷蔵庫には卵が残っていた。まだ賞味期限は来ていない。冷凍のホウレンソウや玉ねぎを叩き込んだ。

「食べて、何でもいいから」

「わざわざ、疲れているのにすまん」

末永は食べているうちに涙を流し始めた。

「なあ、どこにも行かないよな。今まで苦労かけてごめん……佳恵」

佳恵はティッシュの箱を置いて向かいの椅子に座った。少し泣けた。

「行かない、どこにも。慎吾も卒業したら帰るし」

嘘をついた。明日から仕事だから、とにかく落ち着いてもらわないと。佳恵はそう思った。

「おいしいな、このラーメン。インスタントとは思えんな」

「明日から仕事よね、これからはちゃんと夕飯の時間にはパートから帰るようにするわ。午前中に行って夕方帰ってご飯を作るから」

「悪いな、迷惑かけて。慎吾もいないのに」

「そんな、いいのよ。セルフうどんの店だから、天ぷらとか買って帰れるから、気にしないで。これからは野菜もちゃんと食べないとね」

「本当に、すまない。負担になるなら、無理をしないでいいから。俺も通り道で買い物できるし」

「うん、それもいいわね」

留守の間にちょっと不安定になっただけ、男性更年期なのかもと佳恵は軽く考えていた。震災の記憶を今頃告白したのには驚いたが。なぜ急に隠していた秘密を言い出したのかはよく分からなかった。

のちに合点がいくのだが、それは佳恵の胸だけに永遠に残される。

末永は佳恵がいない間に一人でいることが耐えられずに、ポピンズに頻繁に顔を出して、石塚と一緒に話をして食事をしていた。店の中の商品で動きのないモノを処分して、春に引っ越しや夜逃げの荷物が入る場所を作る算段をしていた。

危ない仕事はあれから引き受けなかったし、土日の休みに気が向けば手伝いをすることだけは続けていた。それでも時給二千円なので数万にはなっていた。友だちとして、バイトとして体を動かすことは嫌いではなかったから、むしろ気晴らしになった。夜逃げの後始末ということは、少し気分的につらいと思うことはあったが……。

売り場に大きなブロンズの縁の姿見を見つけた。前からそこにあったのに末永は気が付かなかった。だが末永は、そこに映る自分が若く、大学生の姿であることに驚いた。その自分の姿はあの震災の日、深夜十一時にジャンバーを着てバイトに行く時、あの三人がこたつに入り、笑いながら手を振っている場面だった。

声も出せずに末永は腰を落とした。そして、「ごめん、俺が悪いんだ。早くそこから逃げてくれ」と両手を合わせて叫んだ。

「ダメだよ、この鏡に映るのは過去だから、変えることはできない。彼らはずっとそこに……」

石塚が小さい声で返事をして、末永の両肩をそっと押さえた。

「未来の鏡もあったけどね」

末永はぎょっとして後ろを向いた。

「見えているのですか？」

「うん、末永ちゃんがここに来た時から、何度か。でも嫌だろうなと思って言わなかった。あの子たちは時々、末永ちゃんに手を振っていたんだよ」

「他には？　他に何か……」

末永は必死に石塚に懇願した。詰め寄る勢いだった。

「特に何も。声はこちらには届かないからね」

石塚は末永の妻の不倫を知っていたが言わなかった。

「そう、ですか……」

「隠し事はないよ。ただ、黙っていただけだよ。僕には彼らが誰だか今まで分からなかったし。もしも話せば、怖がるだろうし」

末永は大学時代の震災のことを全部石塚に話した。苦しい告白を石塚は目を閉じ、腕を組んでじっと聞いていた。

「あの子たちはあんなに楽しそうじゃない。だから末永ちゃんも楽しく生きてほしいと思っていると思うよ」

「そうでしょうか。何をやってもうまくいかないし、妻には秘密があるような気がして。留守の時に部屋を見たら、洋服や化粧品がいっぱい増えていた、金回りがよくなって」

「奥さんは今まで子育てで我慢していた、大目に見てあげなよ。悪いことなんかできる人じゃないよ。信じてあげないと」

石塚はこれ以上末永に傷ついてほしくないと思った。彼はもう十分苦しんだはずだ。そろそろあらゆる縛りから末永を解放してやることができればいいのにと。しかし、すべては神の采配でありどうすることもできない。だがほんの少し背中を押してやれるかもしれないと、一言だけ最後に言ってやった。

「この際、奥さんに苦しい気持ちを話してしまえばラクになるんじゃない？　俺に話したように言ってみなよ。奥さんも身内を亡くしている。俺もそうだ。末永ちゃんだけが苦しむことはないんじゃないかと思うよ」

「そうでしょうか。俺は仲間三人の夢や希望、将来を奪い去ったのに。一生許されることなく生きていくことが許しでは？」

「もう十分だよ。彼らはいつもああして笑っているじゃないか」

鏡の中の三人は手を振って笑っていた。彼らは永遠に歳を取ることもなく、学生のままそこにいる……。

石塚は、末永をいつもと同じように裏口まで見送る。背中を軽く叩いた。

振り返った末永の顔は少し晴れていた。次に会う時は、もっと晴れ晴れとした笑顔だったらいいのにと石塚は思っていた。いや、きっとそうであってほしいと思った、心の底から。

翌日、末永は気持ちの良い朝を迎えていた。いつもは顔も合わさない佳恵が、正月休み明けの仕事に出かける末永を見送ったからだ。

「中古車は三月まで我慢したら何とかなると思う」

「そう、車は動けばいいのよ。無理しなくてもいいじゃない」

素っ気ない返事なのは分かっている。いつもすれ違いばかりで、こんな会話もなかったのだから。返事があるだけでありがたいと思う。

「行ってきます」

「気をつけて……」

佳恵はエプロンを外しながら古い玄関の鉄のドアを閉めた。

末永は独居老人三人を黒のタクシーに乗せた。老女三人を乗せると、そこからセンターまでは十分ほどの距離だ。いつものルートはまだ正月休みなのか、渋滞もなく比較的空いていた。

「ああ、やだね、ここで信号待ちなんて」

「そうだよ、でもねえ、最後はここのお世話になるのだよ」

後部座席で石田さんと松村さんが窓の外を見ていた。そこはここ五年ほどの間に出来た大きな葬儀場の前だった。

これは震災の時からあったもので、その後大きな葬儀社に買い取られて、多くの人が利用するような大規模な葬儀場に様変わりした。

ウインカーを出して曲がると、自分よりも年配の同僚が次の老人たちを迎えに行くためにか他の仕事のためか、センターから出てきた。

末永は大きくハンドルを回すと、スムーズに大きな玄関に差し掛かった。車いすや歩行器を先に降ろすと、お年寄りを一人ずつ出迎えのセンター職員たちに任せた。

「ご苦労さまです、あとでまたお迎えお願いしますね」

「はい。今年もよろしくお願いします」

「こちらこそ、お世話になります」

職員と新年の挨拶を済ませると、末永は次の仕事のために時計を見た。一度タクシー会社に戻り、昼間の観光の仕事に出なければならない。それからまたここへ戻る。夕方、入浴を済ませた老人たちを家へ送り届けるためだ。

末永は反対車線のほうに出るため、左右を確認して大きく右側に出ようとした。そこへ自転車の学生が歩道を急に横切った。驚いた末永は左にハンドルを切りながら急ブレーキを踏んだ。電柱の手前ギリギリで末永の車は停止したし、自転車の学生も何もなかったように走り去った。

ただ、そこへガスボンベを積んだトラックが末永の黒いタクシーに突っ込んだ。何も考える暇もなく、末永はトラックの前部と左の電柱に挟まれて、エアバッグに顔を埋めていた。

衝突の衝撃でタクシーは火を噴き、炎は次第に末永を包み込んでいった。ガスボンベに引火したら大惨事になる。静かな街は大騒ぎとなった。

「旭、また一緒にラーメン食べに行こう。みんなも待ってるから」

苗村が優しく末永の手を取った。

「おお、長い間待たせたな。早く行こうぜ」

末永は燃え盛るタクシーの中で微笑んでいた。

鏡の与える罰

朝からせわしなく救急車や消防車が行き交う中を、楓は日勤のために病院へと急いでいた。

「大きな事故かしら」

楓は病院の通用口の前で立ち止まり、大通りを行き交う緊急車両に胸騒ぎを感じた。仕事柄慣れているはずの救急車のサイレンが妙に気になる。薄暗い廊下を更衣室に向かう途中で、夜勤明けの黒田とすれ違った。

「おはようございます、お疲れ、今から？」

「お疲れさまです、ゆっくりと休んでくださいね」

「最近結華ちゃんは元気？　連絡ないけど。彼氏まだ家にいるの」

黒田はつまらなそうな声を出した。

「どうかなあ、彼は早くに金沢へ帰ったはずですよ。結華ちゃんは四日には大阪を引き払うから」

楓は頭を少し下げると、他の職員が数人歩いてくるので脚を進めた。

「また、僕にできることがあるなら言ってと、伝えてよ」

「自分で言ってくださいよ」

「いいじゃない、仲良くしているだろう」

「最近は私も少し忙しくて。彼女もバタバタしていて、前のように遊んでいませんからねえ」

「あ、そう」

黒田は結華のことが結構気に入っているのだなと、楓は少し悔しい気持ちになった。

黒田はこの病院でも三本の指に入るイケメン独身医師だったし、看護師の間では誰が付き合うのかと噂になり、勤務態度も真面目で人当たりが良くて憧れの的だった。そんな黒田が選んだのは楓だったから、ナースの間では結構自慢だった。

もちろん、誰にも自分たちのことを言いふらすことはしなかったが、女の口に戸は立てられなかった。「将来結婚ですか?」と新人に聞かれたこともあって、楓はそれも悪くないと思っていたが、今はそれほどでもない。

結華に軽い気持ちで紹介したけれど、最近は自分よりも結華のほうに黒田が興味を惹かれていることが少ししゃくだった。楓はそれを悔やみはしない、黒田よりもいいものを持つ男に出会えればそれでよいと思っていた。愛などは二人の間に存在しないことを知っていたからだ、都合のいい女、それが自分だってことを。それは仁志ではない。仕事が忙しい二人はストレス解消のため、新しい遊び相手を見つけてそれぞれに楽しんでいた。

だが、そんな歪んだ関係の中でただ一人、恐ろしいまでに真面目な仁志だけは違和感を覚えていた。どうしても自分が許せなかった仁志は、金沢に帰る前に楓との関係を解消するつもりで、楓と病院で直接話をしようと考えていた。

それを知らない結華は、引っ越し業者が忙しく動き回る中、マリンをケージに入れて自分の部屋にいて、一人ぼんやりと座っていた。

特別に荷物が多いわけではない。家事はほとんどしないし、電化製品と段ボールに入れられた荷物を積み込むだけで簡単に終わりそうだった。

積み込みが終わるとトラックは先に出発した。神戸には不動産屋の人がいるはずだった。誰も立ち会う人はいない。仁志は仕事のために金沢に昨夜帰って行った。学生の頃とは違い、何でも結華のことを中心には動けるはずもないし、それは分かっているつもりなのだが、神戸に戻ることを良く思わない仁志が手伝わないことを、結華は何となく感じていた。

もしかしたら、黒田と浮気していることが分かっているとか、楓が告げ口したなんてないだろうかと少し勘ぐる。だが、それならそれで、もしも仁志の知るところになれば、結華は別れる口実になると思っていた。

今までの付き合いを愛と勘違いしているのは仁志だけで、結華は彼が思うほど仁志のことを愛してはいなかった。結華の中であるべき姿の愛情が、自分の気持ちの中に湧き上がらないことを知っていた。両親の愛情を知らない結華には、男の人を捉えて放さない魅力はあっても、好きだな、以上の気持ちになることはなかった。

それとほぼ同時刻に、仁志は楓との決別のために神戸の病院にいた。


結華は一本の電話を受けた。管理人に挨拶を済ませて鍵を渡してタクシーを待っている間だった。マリンと新大阪から新幹線に乗るつもりでいた。

『本宮さんですね、樺島です。木下君がアメリカの大学から今帰国しています。あなたに会いたいと言っていますがどうされますか？』

「あ、そうですか。今、これから神戸に向かうところです。あなたも同席されるならいいですよ」

マリンが不安な顔でケージから手を出していた。ずいぶん大きくなり、ケージが狭いようだ。引っ越しもこれで最後にしたいとぼんやり考えた。

久しぶりに颯真に会うと簡単に返事をしたが、不安と期待の入り交じった感覚だった。颯真は自殺をはかったあとで、意識不明になりながらも、奇跡的に社会復帰してからは、颯真は周回遅れで大学をアメリカに移して、まるで別人のように違う人生を模索していたようだった。療養に行くと聞いていたが、大学なんかに通っていたのか。こちらはずいぶんと痛い思いをしたというのに。気楽な身分に嫉妬した。

英語は得意だったので不可能ではないだろうが、病はよくなったのだなと結華は思った。

彼の両親もあんな事件を起こしておきながら、のんびりと大学などに行かせるなんてどういう神経なのか少し不思議だったが、いずれは木下グループの総裁になるわけだから、神戸の大学は中退だったとしてもアメリカの大学の卒業さえできれば、あとは何とでもなるのだと簡単に予想できた。死んでしまったのかと思っていたが、さほど気にとめていなかった。もう終わったことだと思っていたが、傷が一生残っていれば、見るたびに思い出すことがしゃくに障るが。

愛した男は過去の遺産となるのか、それとも完全に立ち直ったのか、結華はそれを見定めるために会うと約束したのだ。ダメだと思えば完全に過ぎ去った人として削除すればいいだけのこと。弁護士に会えるのならば、形成外科の手術に必要とされる金額の請求もできると結華は計算をしていた。お金はいくらあっても邪魔にはならない。取れるところからは取ればいい。

ただ一つ気がかりなのは、最後に運び出された銀色の縁の鏡に映り込んだ、落下する男の姿を見てしまったことだった。どの高さから、どこからなのかも分からない。でもその姿は限りなく仁志に似ていた。この鏡の意地悪なところは、肝心の顔を映さないことだった。

あの姿見は捨てるように仁志に言われたが、結華は不気味ながら予言ができるならば、それを役に立てていけばいいと考えていた。面白いじゃないか。

どれも、大きく現実とはかけ離れていない。断片的ではあるが、ほぼきちんと未来のことを言い当ててきた。黒田のこともそう。だとすれば楓と仁志も……。

どことなく元気のない仁志のことが心配になった。だが、金沢に帰ったのだから、そこでゆっくりと仕事が始まるまで数日休養すればいいと思った。楓が仁志と仲良くなっても別に嫉妬なんかしない。黒田ほどの男性を紹介してくれたのだから、少しくらい仁志も別の女性とうまくやれば、仕事のストレスも解消できることだろう。

男なのだから、複数の女性と関係をもっても悪くない。結華は真面目すぎる仁志に面白みがないことを不満に思っていたので、グイグイ押してくる楓くらいの女性がお似合いではないかとも思っていた。

結華にとって特別大事な存在ではなくなった仁志のことは、どちらかというと面倒で、そばにいる黒田への依存の気持ちのほうに傾いていた。一度大人の男と付き合えば、考えもそれ以外の要素もすべて心地よかった。結華は黒田と一緒にいると安心できることに気が付いてしまった。精神年齢の高さは居心地の良さとなり、お金では買えないものだった。実際に黒田は実家も医者のようで、育ちが良いのもうなずけるし、金離れもよかった。

新幹線はもうすぐ新神戸に到着するだろう。うまくいけば引っ越しのトラックより早く着くかもしれない。自分のことながら面倒なのは嫌いなので、楓さんの部屋に行こうかと考えたが彼女は仕事だったはず。結華はそこで黒田に連絡して、マンションに行ってもいいですかとLｉｎｅをしたら、すぐに『了解です』と返信が来た。勤務じゃなく休みかもしれない。ありがたかった。しばらく会っていないので少しの時間でも一緒にいたかった。あの大きな手に触れるととても安らかな気持ちになる。低くて優しい声は心地よい。抱きしめられると腰が砕けそうな感じがする。髪を撫でる手も、肩を抱き寄せるしぐさも、すべてが一連の流れの中で結華の望むものだった。

結婚するならやはり黒田が良いと結華は思っていた。颯真のことなどどうでもよくなっていた。会うのを断ればよかったと思った。なんだか面倒だ。むしろ仁志とどうしたら別れられるのか、それのほうが面倒で骨が折れるのではないかと思われた。別れ、去り際と言い方を変えても、スパッと割り切れそうにないなと思った。

かわいそうに、ケージの中に押し込められたマリンはトイレに行きたいようだ。餌も飲み物もやっていなかった。ここで放したら、そこら辺に行って野良猫になってしまうだろうか。マリンはかわいいが、少し苛立つ気持ちが湧き上がる。黒田は医師なので犬や猫などを飼うのを嫌う。潔癖なのかもしれないし、それが当たり前のことなのかもしれない。

新神戸を出て公園を探して、首輪に紐《ひも》をつけてしばらく外に出した。マリンは嬉しそうに背伸びをして、コンビニで買った餌を食べて水を飲んでいた。せっかく黒田が待っているのに。マリンは初めての場所で楽しそうに遊んでいた。早く行こうよと言いたくなったが、長い距離の移動だったのでかわいそうだった。

バッグの中で携帯電話が鳴っている。

『ねえ、どこにいるの？　ずっと待っているけど』

黒田からだった。

『近くの公園にいます、マリンをケージから少し出しているの』

『もうそこに置いておきなよ。雑種でしょう？　今度血統書付きの猫を買ってあげるからさ。ペットはかわいいけど、何かと面倒だな』

黒田は笑いながら言った。

『ひどいわ。嫌な人ね』

『新居に行こうか。今頃仁志君がやってくれているの？』

『いいえ、仁志は金沢に三日の夜に帰りました』

結華はマリンをケージに押し込んで自分の荷物とともに持って立とうとしたが、かなり疲れていた。

『ちょっと疲れたし、荷物が重いので、ごめんなさい。黒田さんのところには行けないみたい』

『ええ～。やめてよ。手術を一件同僚に代わりを頼んで君を待っているんだよ。じゃあ、迎えに行く。どこの公園？』

『だめです。タクシーに乗ります。じゃあ、御影の新しい部屋に。三〇二号です』

黒田がじれていたのは分かっていた。結華も同じ気持ちだったからだ。結華はマリンのケージを提げて大きな道路まで歩くと、歩道からタクシーに手を挙げた。

仁志も颯真もどうでもいい、あの大きな懐に飛び込みたい。もう揺れない、楓さんに告白しよう。黒田さんが好きになりましたと。結華は初めて本気になった気がした。愛しているのかは分からない。でも逢いたい、今すぐ抱きしめてほしいと思う人、それが黒田だとやっと気が付いた。

脈が走る。胸がふさがる感じ、こんなのは初めてだった。こんな傷のある訳あり女に優しく愛を鬻《ひさ》ぐ大人の男、それが黒田。結華が初めて自分から欲しいと思い追いかける男性に、気持ちだけが先走っていた。

仁志は結華が入院していた病院のことは熟知していた。そこで楓とも出会ったのだから。Ｌｉｎｅを入れて休憩時間が来るまで、外来や食堂などで時間を潰していた。本来なら結華の引っ越しを手伝うほうがよかったのだろうが、仁志は楓との関係を清算しないと、前に進めないし金沢に帰れないと思っていた。結華の顔をまっすぐに見られなくなっていた。乱立する気持ちに仕事の忙しさでは身が持たない。楓に前回そう言ったはずなのに、自分との関係をやめるつもりはないという。このままではいつか結華にばれてしまう。それだけは避けないと破綻すると、仁志は今日中に決着をつけるつもりでいた。

結華の玄関にあった鏡に映る落下する男、それもとても気になる。

結華は楓と彼氏の黒田の三人でよく遊んでいるようだった。一度だけ会ったことがあるが、黒田が結華を見る目はなんだか少し違う。もしかして、結華のことを？　遠距離を乗り越えて結華と結婚するのは転勤がネックになっている。今の会社を辞めなくてはならない。結華の気持ちも以前ほどの盛り上がりはないようで、結婚という言葉にも反応しなかったし。

それでもいい、結華を自分のそばに。結婚するにはまず、今の楓との関係をきれいにするのが一番だと思った。


白衣姿の楓は普段よりも美しく見えて仁志はドキッとした。一年前に初めて結華の病室で会った時は、ちらっと見ただけだった。あの時は楓を意識していなかったので白衣の楓の姿はとても清廉で、普段のそれとは大きくかけ離れていた。

今日は勤務だと分かっていたので早く話が終われると思っていた。

「仁志さん、困るわ。勤務の日は」

「楓さん、もう限界です、終わりにしてください。それだけ言いに来ました。僕はおもちゃじゃない。もう、二人きりでは会いません。結華と結婚しようと思っているので。あなたがどう思っているのか知りません。誘いに乗った僕も軽率でした。でも気の迷いなんです」

「うん、でも結華に黙っていたら分からないでしょ。このままでいいじゃないの」

「いや、そういう問題じゃなく。結華はあなたをとても信頼している、友だちとして。このままでいられるはずがない。むしろ結華の友だちもやめてほしいくらいです」

仁志は怒りに任せて言った。

「なんでよ。それは結華と私の問題よ。いくら結華の彼氏でもひどいわ、そんな言い方しないほうがいいわよ」

「ひどいのはどちらですか」

「さあね、ひどいのは誰かしら。仁志さんは何も知らないから、そんなことが言えるのよ」

楓は遠くの景色を見ながら言った。かなりの高さがある。風がざっと吹いた。楓は束ねた髪をとっさに押さえた。裏庭の木が揺れる。

「あなた、結華の何を知っているの？　結婚なんかしたらお互いに不幸になるだけ」

楓が少し笑いながら言った。振り返り、勝ち誇ったように。

「何がおかしい？」

「だって、今頃、結華は黒田と一緒にいるわよ。鈍いわね。これ以上言わせないでよ」

仁志は楓が何を言っているのか何も分からなかった。

「どういうこと？　結華は引っ越し先のマンションにいるはずだ。黒田さんはあなたの彼氏でしょう」

「だから、そこに黒田がいるっていうのよ。さっき非番の黒田からLineが来たわ」

「ばかな！」

仁志は踵《きびす》を返すと、新しいマンションに行くため駆け出そうとした。

「やめなさいよ。あんたが行ったら修羅場になるわ」

楓は仁志の手を掴んだ。出張用の大きなバッグを持った仁志は楓の手を離そうとした時にバランスを崩し、大きく振り回されたバッグで、楓は病院の非常階段の外に弾き飛ばされた。

「ああっ！」

叫び声を残して落下しそうになった楓の顔が恐怖でひきつる。階段の手すりの下枠にかろうじて掴まっている。その手を取ろうと、仁志は乗り出して手を伸ばしたものの、勢い余ってそのままダイブした。

「そうか、こういうこと。分かった」

仁志の頭に鏡の様子がフラッシュした。あれは俺か？　黒田じゃないかと思っていた。

仁志は鏡に映ったことの意味が分かった。でも回避できなかった。ごめんよ、結華。幸せにできそうもない。ごめん、愛している。

病院の裏庭には警備員や職員などが集まり、非常階段から転落した二人の男女の周りを囲んでいた。四階の高さからだと相当のダメージであることは間違いないが、ここは病院だったのですぐにストレッチャーが用意されて、緊急事態の緊迫感が今までの静けさを打ち破った。

封印

それから二年が過ぎた。

結華はタウン誌のライターとして忙しく仕事をこなしていた。あの頃の甘えた女の子も二十六歳となり、大人になったように思われる外見とは別に、強《したた》かな心の中は違う変化を遂げていた。仁志がいなくなってから……。


あの時、結華と一緒にいた黒田は、病院から緊急の呼び出しを受けてその場を飛び出した。結華は引っ越しの荷物に埋もれ、黒田の手のぬくもりを胸に途方にくれてマリンと遊んでいた。女性のスタッフが数名で荷物を開けてくれていたので、気を紛らわせるためにのんびりとクローゼットに洋服をかけたりしていた。

女性スタッフが空の段ボールを持って帰ったところでスマホが鳴った。

『結華ちゃん、大変だ、早く病院に来るんだ。いいね』

『なに？　どうしたの』

『楓と仁志君が……』

電話の向こうで、黒田がいつもらしからぬ弱々しい声を出した。

『どうしたっていうの？』

『二人は亡くなった』

黒田は緊急手術で呼ばれたはずだ。病院って？　二人はどうしたっていうの？　仁志は金沢に帰ったはずだわ。楓さんとの逢い引きだったのね。なのになぜ病院になんか。事故に巻き込まれたのかしら。

『いやだ、黒田さん、何言っているの？』

『僕は今、とても混乱している。病院はそれぞれのご両親に連絡をしたようだ。彼らが到着するまでに顔を見に来るかと思って』

『いやよ、行かない。何のことか全く意味が分からないわ』

『結華、聞け！　二人は結華を待っている。早くしないとゴタゴタに巻き込まれる。僕が病院で待っているから、タクシーで来るんだ！　何でもいいから、急げ』

いつも静かで冷静な黒田が語気荒く命令した。それほど事態は急を要しているようだった。

マリンをケージに押し込んだ。真新しい部屋の鍵とスマホと財布だけを、いつものバッグに押し込んで部屋の外に出た。タクシーアプリで呼んだ黒いタクシーは、もうすでにマンションのポーチに待っていた。

病院の正面玄関には黒田が待っていた。結華の腕を持つと無言で廊下を駆け抜けた。

結華の目にはきれいな顔の楓と、直視できないほどに損傷した顔の仁志が並んで霊安室に横たわっていた。黒田が支える手を結華は解《ほど》き、仁志の体に縋《すが》りついた。声にならない悲しみが冷たい体から伝わった。

楓は今にも結華に話しかけそうに見えたが、止まることのない涙が床に落ちた。

「やだ。何しているの？　早く起きて！」

結華が叫ぶと黒田も涙をぬぐった。

「行こう、あとは全部ご両親が来られてからだ。この二人と僕たちの関係は友だち同士だ。いいね」

「黒田さんはそれでいいの？」

「結華ちゃんも、仁志君との関係は普通の友人で、そのほうがこの先いいと思う」

二人は口を固く結んで霊安室を出た。あの二人がなぜ、このような最期を一緒に迎えることになったのかは分からない。だが、横たわり無言で白い布が掛けられたあの二人は、口を開くことも会話をすることもできないから。

ただ一つ分かっていることは、結華と黒田はかけがえのないパートナーを失った者同士だということ。黒田は結華の肩を優しく抱きしめた。

「これから先のことは、これから考えよう。悲しいけれど、二人のことをあれこれ詮索したり考えたりするのはやめよう」

「うん。分かっている……。でも悲しいな。信じられないよ」

結華は楓と仁志の間に何かあることは知っていた。鏡が教えてくれていたからだ。だからこれ以上取り乱すこともないし、悲しむ必要もなかった。颯真のことで仁志と知り合い、付き合うようになってから二年余りだった。どうやって別れを切り出そうかと考えていたのに、こんな急に永遠の別れが来るとは思わなかった。

「僕たちが何も言わないこと、それがあの二人の願いだ」

暗い廊下を抜けると、黒田は白衣のまま病院の受付にあるドアに入っていった。

結華は病院の前に停車していたタクシーに乗り、誰も訪れることのない部屋に一人帰った。そのあとのことはよく覚えていない。ただ、仁志にもらった指輪を外すことはしなかった。喪服の結華を黒田がしっかりとサポートして、取り乱すことなく二人を送り出す儀式を済ませたのは言うまでもない。

結華にとって仁志はかけがえのない存在だった。結華を精いっぱい愛してくれた男との別れはあまりにも唐突だった。

失って初めて、体の半分をもぎ取られたような寒々しい感覚が結華を襲った。黒田は時間の許す限り結華を支えた。結華は愛のかけらみたいなものを失ってしまったような気持ちで、黒田に自分の心の中にある思いを話すことで、何とか自分に何が足りないのか分かってもらおうと努めた。

しかし、仁志との思い出があとから結華を追いかけてきた。


あっという間の時間の流れは、結華の気持ちに変化をもたらした。

結華は表面上何もなかったかのように、忙しく過ごしていた。黒田は病院を替わったが結華との関係は同じで、つかず離れずの間柄だった。

結華は颯真とは帰国後に会ったが、アメリカで新しいカナダ人の彼女が出来たと明るく話していた。いずれ大学を卒業したら、帰国して父親の会社に入社すると笑っていた。仁志のことを話すと顔がわずかに陰ったが、そこに言及することはなかった。

いずれにしても軽薄な男だなと結華は再確認した。少なくとも仁志は颯真のことを本気で心配していた時期があったのに、彼の訃報を聞いた時の反応の薄さに驚いた。自分を二人で奪い合ったという感覚が、まだ颯真にはあるのかもしれないと黒田は言った。男はそういう感覚があるのかもと。しかし、自分にはそういう気持ちはあまりないので、いつでも別の男が良いと思うことに結華は何ら罪悪感はいらないと言って笑った。黒田はそういう男だった。

結華は新しく取材の時に知り合った、飲食関係のプロデューサーをしている三十歳の男性からアプローチされていた。結華は正直に黒田に相談してみた。

「いいじゃない、今度はゴールインできるかも」

黒田は笑いながら結華の柔らかい髪を撫でた。その手を受け止める結華の指に、仁志からもらった指輪はもうなかった。三回忌の前にはずして化粧台の奥にしまった。捨ててしまうことはさすがにできなかった。仁志のことはとても好きだったし、これを捨てたら仁志が全部消えてしまうと思ったから。

「私が既婚者になってもいいのですか？」

「誰のお嫁さんになろうと、結華ちゃんは僕のお友だちだよ」

笑いながら肩に手を回し首筋に唇をそっと寄せた。長い腕が結華の背中を抱きしめる。

「そろそろ、形成外科の手術の予約しようか。その男がこれを見る前に、ね」

耳元でそう囁《ささや》くと、湿り気を帯びた空気が部屋を覆う。お互いの唇が求め合う時は、自然で何も躊躇いはなかった。ずっと前からの仲であったように深く体を重ね合う。背の高い黒田は軽く結華を抱きしめる。男の冷たい腰から下はいつしか熱を帯びる。

朝が来るまで二人は一つのベッドで眠る。結華が朝起きると黒田はもういない。抱き合う男が変わっただけで、結華は何も変わらない。あの銀色の縁の鏡はマリンの新しいケージを買う時に返品したくて、ポピンズに連絡した。

あの鏡があっても、未来が見えたとしても、その限界を変えることはできない。仁志は命を落としたし、楓もその巻き添えでいなくなってしまった。せっかくの友人関係も残るは黒田だけとなって、もしもその黒田まで失うことを鏡から知らされたり、自分のこれからが分かってしまったら、なんだか幻滅する。

新しいマンションの部屋に、リサイクル・ポピンズの石塚を呼んだ。

「クローゼットに大きな姿見が付いているので、これは返します」

「ああ、そうかい」

「あの時の猫はこんなに大きくなりましたよ。かわいいでしょう」

ポピンズの石塚は笑って言った。末永の残した猫だった。

「元気そうだ、猫ちゃん」

「大きくなったので、やんちゃになりました。もう五年になりますから」

「大事にしてやって。困ったことはない？」

「今は新しいマンションなので特にないかな。女性の友だちが欲しいかな」

「それは無理だね。じゃあ、処分したいものがあれば」

石塚は名刺を渡した。部屋にはほんのりと煙草の匂いがした。ほんのわずかだが。店に来た時の若い彼氏からは煙草の匂いはしなかったと思うが。

「今はもう処分したいものはない、かな」

結華は引き取りに来た石塚と鏡を見送った。

石塚も一人の友人を失った。今年で三回忌になる。末永の姿を最後に見た時、嫌な予感がしたが、それを言うことはできなかった。末永を、鏡の中であの三人が手招きしていたなんて。

今はもう末永を映すことがないので、あの三人も見ることはない。ただ鏡の向こうでは末永がそこにいて、四人で麻雀を楽しく打っていることだろう。長い間、末永が来るのを待っていたのだから。

末永の訃報を聞いたのは、ポピンズに全く姿を見せなかったので石塚が携帯に電話を入れたことからだった。

電話に出たのは末永の息子の慎吾だった。佳恵はいろいろと大変で疲れが出たと言った。貸し借りはなかったかと息子はお金の心配をしたが、石塚は簡単にお悔やみだけを述べた。すべて済んで母親が落ち着けば京都に連れて行こうと思う、と慎吾は落ち着いて答えた。父の少ない友人でいたことをありがたく思うと礼を言われたので、石塚は末永が生きていたら、よく躾のされた息子だと笑って言えたのにと悔やんだ。あれだけ苦しんだ人生だったが、もう二度と何かの影に想いを馳せることはないと、電話を切ったあとで少しほっとした。

金銭的にも仕事中の事故であったことから労災や生命保険、相手からの賠償金などが入り、末永は自分の体をお金に代えて愛する妻と息子に残すことができたのだろうと安堵した。

石塚は、一対の鏡が戻ってきたことを嬉しく思ったが、行く先で役に立てばいいのに、結果悲しいことになるのならば、壊してしまおうかと考えた。だが、自分の姿はそこには映らない。自分は生きながら死んでいるからだ。あの震災で完全に心が死んだからだった。

この鏡をもう店頭に出すのをやめようと石塚はガレージの奥にそっとしまい、古い毛布をかけて紐で縛った。みんな、何かの思いを胸に押し込んで生きている。それをのぞき込むことはもうやめようと思った。

次に心に闇を抱えた客が来たとしても、もう二度とこの鏡を開けてはならないと。人は知らなくてもいい真実を、必ずしも突き詰める必要はないのだと石塚は思った。

了

著者プロフィール
樹 亜希（いつき あき）
京都府宇治市にて出生、同府在住
京都の私立大学英文学科卒業
全作家文学賞奨励賞を、別のペンネームで受賞

【著書】

『双頭の鷲は啼いたか』幻冬舎、2020年

哀　傷

2023年６月15日　初版第１刷発行

著　者　樹 亜希
発行者　瓜谷 綱延
発行所　株式会社文芸社
〒160-0022　東京都新宿区新宿1－10－1
電話　03-5369-3060（代表）
03-5369-2299（販売）

印刷所　株式会社平河工業社

Ⓒ ITSUKI Aki 2023 Printed in Japan
乱丁本・落丁本はお手数ですが小社販売部宛にお送りください。

送料小社負担にてお取り替えいたします。

本書の一部、あるいは全部を無断で複写・複製・転載・放映、データ配信することは、法律で認められた場合を除き、著作権の侵害となります。

ISBN978-4-286-24183-8